JN317913

業、王子

砂原糖子

幻冬舎ルチル文庫

CONTENTS ✦目次✦

職業、王子



✦カバーデザイン＝chiaki-k
✦ブックデザイン＝まるか工房

イラスト・小椋ムク✦

# 職業、王子

「店長ぉ〜」

またか。

間延びした若い女の声が店へと続く戸口から聞こえてきたのは、綾高大地《あやたかだいち》が事務所のデスクに腰を落ち着けて間もない頃だ。

事務所と言ったって、レンタルビデオ屋の事務スペースなんてたかが知れている。店の奥の四畳ほどの小部屋は、入荷したばかりのディスクやら余剰在庫やら、中身を忘れてしまった得体の知れないダン箱やらで溢《あふ》れ返っており、実際の作業スペースはウナギの寝床ほどしかない。

窓もない。換気扇もない。そのくせ冬の冷気だけは壁越しに入り込んでくる。無心にでもなっていないと気の滅入《めい》る灰色の空間で、無我の境地に達するべく黙々と新作ディスクにラベルを貼る綾高は、声を無視しようとした。

けれど、すぐさま第二声は届いた。

「店長ぉ〜っ！」

さっきより大きい。

綾高は眉間《みけん》に刻んだ皺《しわ》を深くする。

性別とちょっと見てくれが可愛いだけでオーナーに雇われたバイトの若い女は、まるで役に立たない。事あるごとに甘え声で店長である自分を呼びつける。

自分だったら絶対に採用しないどころか、今すぐにでもクビにしたい勢いだが、自身もしがない雇われの身であるからどうにもならない。

かといって、間違ってもオーナーになって経営したいなどとは思えない店だった。

机に積み上げられたＤＶＤの新作パッケージは、どれも肌色。艶《なま》めかしい女の裸体ばかりが棚を飾る店は、まともな映画のＤＶＤなど申し訳程度の、アダルト中心のレンタルショップだ。

オーナーの管理するこのビル全体が、怪しげな店のオンパレードだった。一歩表に出れば通りは安っぽいネオンが輝き、キャバやら風俗店やらの犇《ひし》めく夜の歓楽街。女の子がバイトを希望してくるなんて滅多《めった》にないもんだから、頭が多少緩かろうとうっかり採用してしまったオーナーの気持ちも、まぁ判《わか》らなくもない。

うんざりしつつも無視できない性分も手伝い、綾高は立ち上がった。

狭い戸口のかまちに頭をぶつけないよう、表を覗《のぞ》く。

「どうした？」

カウンター裏に顔を出せば、どこまでが天然だか作りだか判らない黒々としたアイメイクの女が振り返る。

「お客さんですぅ」

——おまえの仕事はなんだ。接客のためにいるんじゃないのか。

こめかみ周辺の血管がぶちぶちと音を立てて切れそうな返答だったが、見れば珍しく本当に捌《さば》ききれない状況のようであった。

小さなカウンター前には、白装束の男が五人。見るからに日本人でないと判る男たちは、床まで届きそうな白いゆったりとした服に、同じく白く長い頭巾《ずきん》のようなものを被《かぶ》っている。被り物は黒い輪っかのようなもので頭に留められており、綾高はそれがイカールと呼ばれることも、頭巾ではなくゴトラなんて名称があることも知りはしなかったが、中東の民族衣装であることはすぐに判った。

うらぶれた通りのエロビデオ屋が、いきなりアラビアンナイトの世界だ。

しかも、どいつもこいつもデカい。綾高も身長は百八十センチ台半ばとまるで小さくないが、浅黒い肌の男たちは同等かそれ以上のガタイで、店内が息苦しく感じられるほど横幅もある。

真ん中のやけに若い男だけが小柄だった。百七十はありそうなものの、周囲と比べれば頭一つ分低く、被った布から覗く肌の色も白い。

男は白い手で、カウンターに高々と積んだＤＶＤパッケージをずいっと前に押し出した。

「I'd like to buy this one」

英語だ。

アラビア語でなくてよかったと内心胸を撫《な》で下ろしつつ、綾高は返す。

「sorry. Our shop is a rental DVD shop. We can't sell it」

英語であれば対応できるのは、基礎レベルの会話だからでも、この辺りは外国人客が少なくないからでもない。

綾高はどういうわけか昔から英語は得意だった。物心ついた頃から簡単な会話はできたし、学校で習い始めてからは、まるで自国語であるかのようにするすると馴染《なじ》んで覚えた。

お飾りバイトの女は、『店長ぉ、すっごーい！　さすが、大学中退ですね！』なんて到底褒め言葉にならないことを言ってくれるけども、もちろん中途半端な学歴とも関係がない。

そもそも学部は文系ではなく理系だった。研究職に憧れていた。親は当てにならないから高校時代からバイトでコツコツと貯めた金と奨学金枠で進学し、一歩一歩夢に近づいているはずだった
けれど、二十四歳の今、何故《なぜ》かうらぶれた歓楽街のエロビデオ屋の店長となり、アラブ人を相手に仕事をしている。人生とはまったくもって理不尽極まりない。

カウンターで向き合った男は、じっと自分を見ていた。

青い目だ。

表でしとしとと降り続いている冬の雨にも、猥雑《わいざつ》な通りにある猥雑な店にも不釣り合いな、強い光を湛《たた》えたコバルトブルー。紺碧《こんぺき》の海を思わせる色は、目を合わせるだけで非日常的な世界にでも持って行かれそうな強さがある。

男は綾高の視線に動じることもなく、再び英語で繰り返した。

「いくらだ」

まさか言葉が通じないのか。

そう首を捻《ひね》ってしまいそうになるほどに、一分の変化も見られない反応だ。

「売ることはできません。必要でしたらレンタルになりますが、身分証明書が必要です。パスポートはお持ちですか？」

「借りる気はない。買いたい。いくらだ？」

「うちは販売は行っておりません。滞在はホテルですか？　その場合はパスポートだけでなく、滞在先の証明も必要です」

「いくらだ？」

「レンタルオンリーです」

「いくらだ？」

「Not for sale !!」

「How much is it ?」

まるで暖簾《のれん》に腕押し。不毛なやり取りに、ぷっと背後で声が響いた。

振り返ると、のん気に噴き出したのはバイトの女だ。青目の男の背後を囲む奴らが、ぎょろりと黒い眼《まなこ》を揃って向け、空気の読めない女はあっと気まずそうに両手で口を塞《ふさ》ぐ。

集団の中で、やや年配に見える髭《ひげ》に白いものの混ざった男が一歩前へ出た。

青目と何事か会話を交わす。飛び出したアラビア語はちんぷんかんぷん。綾高にはまるで通じなかったが、最後にちらりと青目がこちらに視線を向けて放った言葉だけはきっちり判った。

「いい。せっかくの日本だ、私がこいつの話し相手になってやろう」

話し相手ってなんだ。

こっちは話の通じないアラブ人相手に面倒被っているだけで、会話を楽しんでいるわけではない。ていうか、今何故そこだけ英語で話した。

「レンタルであれば渡すんだな？」

気を取り直したように言われてしまうと、気勢も削《そ》がれる。

「まぁ……身分証明書が揃っていれば。貸し出しはレンタル会員になる必要があるから、申込書に記入もしてもらわないと……」

「英語でいいな。貸せ」

確認というより、命令。横暴としか言いようのない態度の男は、申込用紙を奪い取るとペンを走らせ始めた。

なにを書き始めたのかと思った。長い名前は枠に収まることなく、さらさらと欄外にまでどこまでも続く。

リインシャール・イブン・ファルハマド・アル・カトラカマール。

発音が合っているのかやや怪しいが、読みはこんなところか。

「ここは？」

小さな枠をボールペンの先が指す。

「職業だ」

男は無言で文字を書き綴《つづ》り、綾高は首を捻った。

「……は？」

Prince
プリンス。

――王子だ。

ふざけているのか。

いや、それより重大な問題が発生している。

「……悪いが、やっぱり貸せない。十八歳未満だ」

年齢の欄に書き込まれた数字はセブンティーン。十七歳にしては随分大人びて見えるが、未成年と判った以上貸し出すわけにはいかない。

棚からパッケージケースごとごっそり持ち出されたＤＶＤは、どれもきらきらと十八禁シールが輝いている。ちょっと一般的とはいえない、オタク向けのアダルトアニメだ。

ロリものでも巨乳ものでもなく、アニメだからこそ再現できるファンタジー。触手物アニメだった。

人の好みは千差万別。綾高にはまるで理解できない世界だが、回転がいいものだから積極的に品数を増やし、マニアの間で有名店にでもなったのか結構な人気作となっている。

ともかく、アニメといってもアダルトはアダルトだ。

「未成年には貸し出せない決まりだから」

シールを指差すと、男のけぶるような眉がぴくりと上がった。

「私は成人している。我が国では十五歳で成人を迎える」

「あんたの国はそうでも、ここは日本だ。違法になるから貸せない」

知らん顔で貸し出すのは簡単だ。

けれど、綾高はそれができる性分ではない。こんな店で働いておいてなんだが、潔癖なところがある。至って真面目《まじめ》な常識人なのだ。元々、当初はこのビルの地下のセクキャバでボーイをやらされていたのだが、オーナーに真面目さを買われてビデオ店を一任された。

役立たずのバイトにうんざりしながらも、頼られれば無視できないし、未成年が相応《ふさわ》しくない行為をしようとしているとなったら見過ごすこともできない。

青目の周りを囲んでいるのは大の大人だと言うのに、まるで止める素振りもないのも気になった。遥々《はるばる》中東から日本へやってくるくらいだ。相当な金持ち坊ちゃんか、アラブの石油王の息子かなにかか。

なにしろ自己申告がプリンスときた。

綾高は眉を顰《ひそ》める一方だが、青い目の男にまるで引く気配はなかった。

「今回の旅行土産は触手アニメにすると決めていた。日本文化だ、是非《ぜひ》手に入れたい」

「ぶ、文化？」

「ニンジャ、ウォシュレット、オタク。中でも触手アニメは日本の類稀《たぐいまれ》な文化、ジャパニーズHENTAIとして評価されている」

ニンジャは定番として、後ろ二つはなんなんだ。ウォシュレットにも突っ込みたいところだが、HENTAIの破壊力の前には霞《かす》む。

そんな評価いらん！

今一つ愛国心の弱い綾高も思わず反論に熱が籠《こも》る。

「とにかく未成年には貸せないからな。諦《あきら》めて帰ってくれ。エロアニメ見るくらいならもっとマシな日本文化と親しんでくれ！」

男は溜《た》め息一つで一蹴《いっしゅう》した。

「飽きた」

「え？」

「おまえとの会話だ。言い値を言え、好きな額で買ってやる。一本一万か？　十万か？　いくらで売るんだ？　なんならあの棚……いや、店ごとまとめて買ってやってもいい」

「はっ、冗談きついねぇ、王子様は。そんなこと言われたって、売る気ないし。そもそもこの店は俺の店じゃないし？」

溜め息には、大仰に肩を竦《すく》め返してやる。

「寄こせ」

「ダメだ」

「客が買うと言ってるんだ！」

「ダメだって言ってんだろ！」

ＨＥＮＴＡＩ文化を巡って押し問答。グロテスクに触手のうねるパッケージは、ついにカウンターの上で二人の間を行ったり来たりし始めた。互いに相手から奪い取ろうと躍起になり、ルールなどない綱引きは一気に加速する。

青目がばっと懐に抱え込み、綾高は負けじと手を伸ばす。

「させるかっ！」

力任せに引っ張り返し、妙な手ごたえを感じたと思った次の瞬間、綾高は瞠目した。

「……あ」

パッケージと一緒に誤まって白い頭巾の裾《すそ》を摑《つか》んでしまった。男の頭の上の輪っかがずるっと動き、被っていたレースの内帽子ごとあっさりと外れ落ちる。

綾高は幾度か目を瞬《しばた》かせた。目に眩《まぶ》しいほどの色が飛び込んでくる。安っぽい蛍光灯の明かりに、男の金色の髪はきらきらとゴージャスに輝いた。

アラブ人のくせして、髪まで金髪なのか。髭もない滑《なめ》らかな小作りの顔は、よく見ればまだ若く確かにあどけないところがあるかもしれない。

などと、のん気に考えていられたのはほんの一瞬だ。瞬時に空気は不穏なものとなる。囲む男たちが眼前に突きつけてきたものに、カウンター越しの綾高はさすがに息を飲んだ。

黒光りする凶器。

銃だ。

反応の鈍いバイトの女が、かなり遅れてキャーッと悲鳴を上げた。頭が緩くてとろいのは、キャラを作っているのではなく本当だったのか。

エロビデオ屋店長、触手アニメで客と揉《も》み合い死亡。新聞なら三面記事もいいところだが、ネットならトップニュースだ。『恥ずかしい死に方だな』とかコメントされてネタ扱い、『そう思う』を一万回くらいクリックされるところまで想像したところで、青目の男がひらりと片手を上げた。

銃を持つ男の胸元に、軽く手の甲をあて、振り返りもせずに背後の男たちの動きを制した。

「面白い」

放たれた一言。高慢な表情を寸分崩すことなく唇の端だけで一笑してくれた男は、視線を

綾高の顔から体に走らせた。

「おまえは日本人か？」

「……それ以外のなんに見える？」

「背が高いな。顔立ちも彫りが深い」

デカいという理由だけで、大学時代はアメフトやラグビー部にも勧誘された。顔は昔からハーフっぽいとよく言われる。それは綾高にとって言われて嬉《うれ》しい言葉ではないから、聞いてもいつも黙殺してきた。

今も黙っていると、男はそれ以上詮索《せんさく》することなく言葉を続けた。

「おまえがそこまで言うのなら、触手を土産にするのは諦めよう。ただし、私も手ぶらでは帰りたくないからな。代わりの土産が必要だ」

「代わり？」

「サイード」

こちらに眼差《まなざ》しを向けたまま青い目が呼んだのは、右隣の年配の男だ。あうんの呼吸で動いた男は、前触れもなく綾高に手を伸ばしてきた。

思いのほか強靭《きょうじん》な浅黒い腕に胸倉を摑まれ、わっとなる。

次の瞬間、鋭い衝撃が走った。

鳩尾《みぞおち》だ。打たれた。そう感じたときには、すでに体は倒れ始めていた。

「……は？」

カウンターに突っ伏す綾高が漏らしたのは、悲鳴でも呻《うめ》きでもなく、ただただ状況が判らないという反応だ。

たった一撃で、綾高の世界は暗転した。カウンターからもずるりと落ち、重くなった体は床へと沈んでいく。

失われる意識の中で最後に聞いたのは、ワンテンポ遅れた女の叫び声だった。

「てっ、店長ぉっっ!!」


軽い振動を感じ、綾高は意識を浮上させた。

誰かの声がする。何事か話をしている。

「……殿下、薬が……過ぎではあ…ませんか？」

「いい。途中で……覚ますと厄介だ」

頭がぼんやりとしていて聞き取りにくい。英語ではないことも、今の綾高には判別がつかない。

耳鳴りのせいかもしれないと思った。ゴオッとなる激しい音は、耳の奥から響いているようであり、体全体を包み込んでいるようでもある。

鉛のように重たい目蓋《まぶた》を起こすと、白く霞みがかった視界の中に小さな窓が見えた。見上げた窓に見えるのは青い空と、突き抜ける真夏のような陽光。どうやら飛行機の機内のようだ。

ゆったりと旋回する動きに合わせ、日差しの角度が変わる。真っ白な太陽が窓に姿を現わし、その眩しさと眠気に目蓋を閉じた綾高は、何故こんなところにいるのだろうと思った。

自分はどこへ行こうとしているのか。

まるで南の島にでも向かっているかのようだ。

——ああ、そうかもしれない。

きっと約束したあの海へ向かう途中なのだ。大学時代に彼女と約束した。三年生の夏休み、一緒に綺麗《きれい》な海へ旅行しようと言ったのに、自分は果たせなかった。新学期を迎えることもないまま大学も退学してしまった。

理由は親の借金だった。享楽的な母親が欲望のままに作った借金で、質《たち》の悪い取り立て屋に追い回されることになり、大学に通うどころではなくなった。自分名義の借金までいつの間にかできあがっていて、返済すべく朝から晩まで身を粉にして働き、オーナーの口利きで完済するのと引き換えに収まったのがエロビデオ屋の店長だったというわけだ。

大学時代からの彼女とは今も続いている。

けれど、彼女が卒業し、大手企業に就職した頃から仲はギクシャクとし始めた。会う回数はめっきりと減り、互いに時間が合わないのを理由に関係を修復する努力もないまま、問題を棚上げしているところがある。

変わったのは彼女なのか、自分なのか。

借金もどうにかなくなった今、その気になれば彼女を旅行に連れて行くことくらいできる。二人きりで、大学時代のように長い時間を共有すれば、また打ち解けることだってできるかもしれない。

夢うつつの綾高は思った。

――そうか、それで自分は彼女との約束を今叶《かな》えようとしているのか。

彼女の表情を確認したいのに体が動かない。

眠い。目蓋だけでなく、手足も指の先まで重い。

着いたら必ず起きるから。今は少しだけ、少しだけ寝かせてくれ。

そんな風に考える綾高は、すぐにまた眠りの底へと引き込まれ意識を喪失した。


目蓋の向こうに光を感じて目覚めた。

肌に感じる光、からりと乾いた空気。

「……麻衣《まい》」

耳を澄まして波の音を探る綾高は、南の島へ到着したのだと思った。

開いた目に飛び込んできたのは、幾何学的文様が壁も天井も覆う真っ白な部屋。海はどこにもない。綾高がいるのは、調度品は少ないが広さだけは三十畳ほどある部屋のベッドの上だった。

白い石造りの壁に天井。窓から明かりは差し込んでいるが、天井と同じく複雑な文様の嵌《は》め殺しの格子窓は一つ一つの穴が小さく、表を窺《うかが》い難い。

外は青空のようだ。

しかし、南の島などではない。

エキゾチックな異国の匂いのするその部屋に、綾高はアラブ人に殴られて倒れたことを思い出した。自分はあれからどうやら拉致《らち》られ、アジトにでも連れ込まれてしまったらしい。

幸い部屋には誰もいない。しかし、すぐに誰か来るかもしれないと思うと、急速に目が覚めた。体を覆っていた薄い布を剝いでベッドから降りようとして、自分があの男たちが着ていたのと同じ、白いアラブの民族衣装を身に纏《まと》っているのに気がつく。

脱いでしまいたかったが、それどころではない。

——ひとまずここを出なくては。

部屋の扉に鍵はかかっておらず、廊下は柱廊になっていた。一面に繊細な飾り彫りの施された見事なアーチ窓。足早にその柱をいくつか行き過ぎながら覗いた表は中庭になっており、広々とした池や美しく刈り込まれた植樹が見える。高さは三階くらいか。

ここはどうなっているのかと思った。

個人の家にはまるで見えない。豪華な屋敷程度の規模ではないのだ。屋根の向こうにはいくつもの塔の頭が覗いている。

とにかく外だ。綾高は柱廊をぐるりと回るように走り、ようやく階段を見つけた。階下から人の声が響き、慌てて乳白色のツルピカの階段を駆け上がる。見つかっては元も子もない。ひとまず逃れようと、建物を屋上まで上り切る。

眩しい。

表はからりと晴れていた。

真冬とは思えない、痛いほどの陽光。青い空には雲一つなく、熱を帯びた乾いた風が頬《ほお》を心地よく撫でる。

「……は？」

綾高は間抜け声を漏らさずにはいられなかった。

日差しを反射し、眩《まばゆ》く発光している屋上を端に向けて走った。目を瞠《みは》らせたまま、石造りの僅《わず》かな段差しかない際《きわ》に立つ。眼前に広がっているのは、黄褐色のどこまでも続く大地だ。

空と地。

地上には二つの色しかなかった。

砂漠だ。なにもかもを一瞬で干上がらせてしまいそうな、カラカラに乾ききった土地。ぐるりと三百六十度囲む地平線を確認する綾高は、ふらふらと踊るようにその場で体を一周巡らせ、途方に暮れざるを得なくなる。

「どうなってるんだ、ここは？」

まだ夢を見ているとしか思えない。荒涼とした景色を前に、頬をつねってみることすら忘れて呆然《ぼうぜん》となっていると、背後から声が響いた。

「ようやく目覚めたか。おまえ、三日三晩眠っていたぞ」

いつの間に上がって来たのか、振り返るとあの青い目の男がいた。

「おまえが眠らせたんだろうが」

「ふん、もっと驚いたらどうだ」

「驚いてる。驚き過ぎてどう反応したらいいか判らないだけだ」

「やっぱりふてぶてしい奴だな、おまえは」

ふてぶてしいのはどっちだ。

エロアニメをレンタルしてもらえなかったくらいで店員を拉致る馬鹿がどこにいる。駄々を捏《こ》ねるなら、床で転がり回って手足をバタつかせるくらいにしとけってんだ。

「一体ここはどこだ？　俺をどうした⁉」

「買わせてもらった」

「買…う？」

「おまえが触手をレンタルさせないとごねてうるさかったからな。まぁ退屈凌《しの》ぎにちょうど性奴隷の一人でも用意しようと思っていたところだ。放っておくと、私にハーレムを作らせようとするお節介な輩《やから》も少なくないしねぇ。女は嫌いだ。柔《やわ》な女より、おまえくらい丈夫そうなのがいい」

——困った。

目覚めたときからずっと困り果てているが、綾高は男の言っていることがまるで理解できなかった。英語は判っているのに、頭が理解できないと悲鳴を上げる。

人間驚き過ぎると冷静になってしまうのか、綾高は感情をなくしたような声で尋ねた。

「おまえ、何者なんだ？」

「カトラカマル王国の王子、リインシャール・イブン・ファルハマド・アル・カトラカマール殿下であらせられます」

応えたのは男ではない。青目から数歩下がった背後に影のように添い立っている、確かサイードとかいう白髪交じりの年配の男だ。

「カトラ…カマル？　リイン……殿下？」

名はレンタルの入会申込書に記入していたあの長たらしいもののようだが、国の名は聞いたこともない。首を捻る綾高に、『殿下』はフンと小さく鼻を鳴らした。

「体は丈夫そうだが、教養はないようだな」

知識の問題じゃない。

カトラカマルなんて言われたって、街角正解率一パーセント以下の超難問だろう。T大生正解率なら四十パーセントくらいに跳ね上がるのかもしれないが……いや、つまりそれだと学歴次第か。

「我が国はアラビア海に浮かぶ島国だ。アラビア半島から南へ五百キロ、大きさは……そうだな、日本のKYUSHUほどだ」

「大きさなんてどうだっていいが……つまり俺は今地球の裏側にいると？　そんな中東の辺境の島に連れてこられてるっていうのか？」

「辺境とは中心をどこと取るかによる。我が国では我が島が世界の中心である以上、辺境とは呼ばない」

辺境の定義なんてどうでもいい。島国の王子様のプライドに付き合う余裕はない。

「俺をどうするつもりなんだ？」

「だから買ったと言っているだろう？　一億で購入した。まぁ臓器を買うのに比べれば安いものだ。日本人の臓器はレアでそう安くない。状態のいい新鮮な臓器は心臓だけで五千万」

冗談で言っているわけではないのだろう。悪趣味なことを言う男の眼は一つも笑っていない。十七歳という年齢が本当なら、まだ少年と言って差し支えないガキのはずなのに、この落ち着きはらったふてぶてしさときたらどうだ。

それが王子たる所以《ゆえん》なのか。

胸に腹。歩み寄った男は、綾高の体にいちいち指を突きつけながら勝手な値をつけていく。

「肝臓一千万、胃に二千万、角膜もそのくらいか？　締めていくらになるか……だが、生きたままおまえを買えばたったの一億。いい買い物をした」

「はっ、誰から俺を買うってんだ。俺は誰の持ち物でもない。俺の口座にでもその金を振り込んだってのか？」

「Mother」

「え？」

「母親だ」

するっと男が白い衣装の中から取り出して見せたのは、見覚えのある携帯電話だ。

黒い携帯は自分の電話だった。勝手に奪われ利用されていたことよりも、男の口から飛び出した『母親』の言葉に綾高の表情は強張《こわば》る。

「……あいつに連絡したのか？」

「もっとごねるかと思ったんだが、あっさり承諾したよ。借金の返済に追い詰められて、今にも首を括《くく》るところだそうじゃないか。渡りに船だったんだろう。金額を提示したら、二つ返事だ」

「あのクソ親、また借金作りやがってたのか」

一度完済したはずの借金が数年で膨らむとは、浪費癖は一生直らないに違いない。

昔から母親には苦しめられた。離婚したのか元々父親なんて存在しなかったのか知らないが、どうせ片親の理由だっていいかげんな性格のせいに決まっている。仕事は水商売で、若い頃は貢《みつ》いでくれる男を捕まえどうにかなっていたようだが、最近は後先を考えない借金をするばかりで、ついに息子まで巻き込む有様だった。

縁を切ろうと何度思ったか判らない。

いや、切ったつもりだった。大学を中退して借金を返し始めてから一度も会っていないし、もう二度と会うつもりもなかった。

けれど、幾度か消そうとした携帯電話の番号を綾高はそのまま残していた。

かかってきたときにあいつだと判らなければ、出てしまうかもしれない。

そう理由づけていた。でも本当は完全に見限ってしまうことができなかったからかもしれない。もしくは、うっかり電話に出て話をしてしまえば、情に流されかねないと不安を覚えていたのかも。

迷惑をかけてくる相手を鬱陶《うっとう》しいと思いながらも、無視できない甘さが綾高にはある。口先でいくら罵《ののし》ろうと、最後の最後で優しさを覗かせてしまい、わりを食う。

その結果がこれなのか。

身勝手な親に振り回され、あげくアラブくんだりまで飛ばされようとはだ。

「無駄金だったな。俺はあの親の持ち物じゃない。ただ血が繋《つな》がっているってだけだ」

「金を払ったのが、母親だけと思うな。おまえの存在を消すための金だ。おまえにもう国籍はない。ビデオ店、友人知人、おまえを知る限りの人間ももうおまえを知らない……いや、知らないと答えるだろう」

「国籍を消すって……そんなことできるわけないだろ。全員買収したっていうのか？　金に目が眩《くら》んだと？」

「目が眩んだのは金じゃない。『幸福』だよ。金には人を幸せにする力がある」

鼻持ちならない男は青い眸《ひとみ》を眇《すが》め、皮肉たっぷりの笑みを浮かべて言った。

「今日からおまえは俺の奴隷だ」

綾高は溜め息で応えた。

「……付き合ってられないな」

するりと脇をすり抜け、元来た階段口へ向かう。

「どこへ行く？」

「帰る」

「おまえはこの国を出るどころか、近くの街へ行くことすらできないぞ。砂漠を徒歩で越えるには一週間はかかる」

そう言われても、『はいそうですか』とここで囚《とら》われの身になれる訳がない。

「サイード！」

知らん顔で行き過ぎようとする綾高に、青目はやや慌てた声で背後に突っ立つ男の名を呼んだ。じっと忠犬よろしく構えていた男が伸ばした腕を、綾高は今度は負けじと引っ掴む。

「そう何度も同じ手を食らって堪《たま》るか！」

胸倉を掴もうとする男の袖を固く握り締め、組み合うようにぐいと自分の元へ引き寄せる。投げ飛ばすには男の体は重く、訓練を受けた人間らしいずしりとした抵抗を感じたが、動きを封じることはできた。

髭に覆われた口元が微《かす》かに動く。

「……武術ですか」

「大学まで柔道を習ってたんでね」

借金返済のために辞めてしまい、それきりになってしまっているが体が動きを覚えていた。

ぱっと男を離し、歩き出そうとすると王子が含みのある声で言った。

「しかし、ＪＵＤＯをやっていたところで内臓までは鍛えられないだろう？」

「内…臓？」

「おまえがあんまり目覚めないからな。気つけに薬を使わせてもらった」

「薬……」

そういえばさっきから体が妙に熱っぽい。

いきなり真夏に連れ出されたみたいな日差しのせいだと思ったが、熱は体の内から湧《わ》き上がっている気もする。沸々と鍋で煮たてられてでもいるかのように、芯から熱くなってきているのだ。

これが薬の効果なのか？

意識した途端、ぶわりと嫌な汗が浮いた。

軽く意識が遠退いた。

くらくらと目眩《めまい》がして、熱のためか体は重く、サイドに引《ひ》き摺《ず》られるようにして屋内に戻ったところまでは覚えている。その後の記憶はスキップし、少し飛んでいた。

「薬が効き過ぎたか？」

気がつくと元の部屋のベッドに横になっていて、青い目が自分を覗き込んでいる。

ぺちぺちと額に脂汗の浮いた顔を叩《たた》かれ、綾高はぶるっと頭を振った。

「おまえは俺を殺す気か！」

起きろ、眠れ。動け、止まれ。スイッチ一つで動作する電動玩具じゃないのだ。薬で自在に操ろうなんてもってのほかだ。

人の話を聞かない王子は、まるで噛《か》み合わない言葉を寄こす。

「おまえが羨《うらや》ましい。我が国の三百万人の民は皆そう思うだろう」

「なにがだ？　あのな、この状況のどこが羨ましいってんだよ、ああっ？」

同じベッドといっても、さっき目覚めたときと同じ状況ではない。

綾高は拘束されていた。縄だか紐だか知らないが、両手はしっかりと括られ、ホールドアップの形に左右のベッドの柱に固定されている。

「ふふ、おまえはどうも油断ならないからな。しかし、どうせ狩るなら、小動物より骨の折れる獣のほうが楽しみがある。おまえは幸運な男だ。この宮殿に招かれていることもだが、私とこうして会話をしていることも。それから、こうやって……」

ベッドが軽く揺れた。傍らに腰かけていた王子は唐突に這《は》い上ると、無抵抗に転がっている綾高に跨《また》がり腰を下ろした。

「こうやって私に触れていることもだ」

細身の男だが、人一人に無遠慮に乗られては腹にずしりとくる。

「なにを……おまえ、なに乗っかってんだ⁉」

「我が国では、王と王位継承権を持つ王子の身に許可なく触れることは大罪だ。鞭打《むちう》ち四十打。丈夫な水牛の鞭だ、死ぬこともある。まぁおまえは頑丈そうだから死にはしまいが、こうして私の同意があれば極刑を免れられる」

王子は人の話を聞くなとでも教えられて育つのか。

「俺はなんの同意もしてない。なにやってんだ、なんのつもりだっ！」

「性奴隷にすると言ったろう？」

「おっ、おっ、俺を犯す気かっ⁉」

悪趣味にもほどがある。

女嫌いのホモ王子。他人の性的指向に口を出すつもりはないが、同性を相手にするにしたって、なにも自分よりガタイのいい男のケツを掘る必要はないだろう。

「誰がおまえを抱くと言った」

「……え？」

「冗談じゃない。何故、私がおまえの汚れた場所に挿入せねばならないのだ。おまえがすべきことは反対だな」

「反対って……」

一瞬ほっとしてしまったが、立場が逆転したくらいで安堵《あんど》してはいられなかった。

綾高に男を犯す趣味はない。それに日本には彼女だっている。第一、男相手じゃ息子もいうことを聞かない。

「む、無理だっ！　やれるわけないだろっ！　だいたい昼間っからなに考えてんだっ！」

「奴隷のくせに煩《うるさ》い奴だ。夜まで待っても私は一向に構わないが、おまえのほうが待ちきれないと思うぞ？」

「ま、待ちきれないって……」

「おまえに打った薬は媚薬だ」

「は？」

さっきから認めたくない下半身の不具合。刺激も受けてないのにスタンバイモードに入っているのは、熱が出ているせいではなく——

「さぁ、行おうか。アヤ」

「……くっ……ちょっ、ちょっと待てっ」

いきなり服の上からいきり勃《た》ったものを摑みやがった。

纏った民族衣装は薄手で頼りない。後ろ手を伸ばした王子は的確にそれを責め立ててくる。

「あっ、アヤってなんだ？」

「おまえの名前だろう？　アヤなんとか、なんとか。日本名は発音し辛《づら》い」

「綾高大地だ……勝手に人の名前を短縮するな…っ……」

「おまえはもう私の奴隷だ。どう呼ぼうと私の勝手だ。なんなら新しい名を授けよう」

「……いい。アヤでいい」

変な名前をつけられるよりマシだ。それに名前ごときに拘《こだわ》っている場合ではない。

体が熱い。触られているせいで、一層息子に熱は集まる。

「くそっ、妙なもの…使いやがって……」

「案ずるな。この辺りでは普通に出回っている薬だ。効き目はそう強くない。花嫁の初夜の緊張を解《ほぐ》すためにも使われる、可愛らしいものだ」

「そうかよ、おまえのやってることはちっとも可愛くないけどな！」

「ほらみろ、減らず口を黙らせるほどの効果もない」

馬の鞍《くら》にでも跨っているかのような姿勢のまま、王子は背後に呼びかけた。

「サイード、あれを用意しているか？」

「はい、準備いたしております」

部屋の隅に控えている男は、すでに手になにかを携えていた。近づいてきたサイードの差し出したプレートの上から、王子は極《ごく》小さな黄金の水差しのようなものを手に取る。

「……なんだそれ？　醤油《しょうゆ》差しか？」

「面白いことを言う。これはショウユではない。王族だけに伝わる幻の媚薬だ」

「まぼろし……」

「一滴でダイヤ一カラットの価値がある。効果はそこらで買えるありふれた催淫剤などとは比べものにならん」

先に使った薬だってありふれていない。アダルトグッズ屋もやっているオーナーが知ったら、狂喜して商品化に漕《こ》ぎつけたがるぐらい普通じゃない。

「ちょっ……や、やめろ、ヘンタイ王子！」

制止なんて耳を素通りで、王子は綾高の脛《すね》まで届く長いシャツのような上着、ソーブをたくし上げ始めた。

上着の下に身につけている、薄手のよく言えばバギーパンツ……見たままに言えばパジャマかステテコのような穿《は》き物をずり下ろされる。

見たくもない、意思に逆らって勃ち上がったものが現われた。

腿《もも》の上に座り直し、まるで実験でもおっぱじめるみたいな手つきで、王子は綾高の性器に『幻の媚薬』とやらを垂らした。

ぽたん。

「……い……っ……」

ほんの一滴だ。けれど、触れた瞬間から、ぼっと火でも点《つ》けられたかのような違和感を覚えた。

熱い。ただ熱いのではなく、性欲が渇望となってぶわっと爆発するかのごとく湧き上がる。体を掻《か》き毟《むし》りたくなるような切迫した欲求は、確かに今までの比ではなかった。

もぞりと腰を捻って横臥しようとした綾高に、王子は悪戯《いたずら》が成功したみたいな顔をする。

「効いているようだな」

「あ、あいつはっ…？　ずっとあそこに立たせておくつもりなのかっ？」

「サイードを気にする必要はない」

「ないって……」

自分のセックスを側近に観賞させるつもりか。

「見られるのが恥ずかしいのか？　ふふ、処女みたいな男だな。私は慣れている。少しも気にならない」

羞恥心はないってのか。アラブだからか個人的な肝っ玉の違いか知らないが、倫理観のまるで違う男は笑ってのける。

万事休す。そうこう言い合っている間にも、体の具合は待ってはくれず、追い詰められる綾高の顰《しか》めた顔には新たな汗が浮く。

——ああクソ、めいっぱい扱《しご》きたい。

このところセックスはご無沙汰《ぶさた》で、くたびれた日常にその気も起こらず、二十代とは思えない枯れ果てた気分でいたのが嘘のように元気だ。元気なのは自分……と言えるのか判らないけれど。

最後にオナニーしたのいつだっけ？

挿《い》れたい、挿れたい、挿れたい。

なんでもいいから挿れて擦《こす》りたい。

「腰が動いてる。もう欲しいのだろう？」

「はっ、欲しいだけならさっきからずっと欲しいけどな、クソ王子！」

両手を括る紐を揺らしながら頭を起こし、綾高はせめてもの反抗とばかりに吐き捨てた。

青い目の上の金色の柳眉がぴくりと動く。

「おまえの醜い言葉には特別に目を瞑《つぶ》ってやろう。私は寛大で慈悲深い男だ」

不吉なものを感じ、綾高は歯を食いしばったままねめつけた。

王子は小首を傾《かし》げ、ふっと笑う。

「……一滴でダイヤ一カラット。だが、私はそれほどケチではない」

歌うように言った王子の手の中で黄金の器が傾く。四十五度。怪しげな茶色い液体は、どろどろとした重たい滝となって、昂《たか》ぶる綾高自身に注がれる。

「どこが寛大だ、まるきり狭量じゃねぇか……くそったれが」

苦し紛れにそう呟《つぶや》いたが、負けを認めるしかなかった。降参だ。ホープダイヤほど浴びて堪えていられるのはインポ患者くらいのものだろう。いや、きっとインポテンツだってたちどころに治る。

「……慈悲深…いってんなら、不能の…っ、治療にでも使…ってやれよ……」

「なんだって？」

「……早く……早くしろって言ってんだよ、もう…っ……挿れてぇんだ」

満足そうに青い目を細め、王子は微笑《ほほえ》んだ。

「待て、私まで影響を受けてはかなわんからな」

サイードからまたなにかを受け取る。性器にするすると被せられたのはコンドームだ。

それから王子は自身の衣装を捲《まく》った。ソーブをたくし上げ、綾高が穿いているのと同じ薄手のズボンを無造作に脱ぎ始める。

本当にやるつもりなんだと、今更ながらに驚く。もう一つ化粧瓶のようなものを受け取っていたのは潤滑剤らしく、自らの手でそれを後ろに回した。

上着の裾に隠れていてよく見えないが、下にはもうなにも身につけていないのだろう。

「……っ……」

微かな息を詰める声が生々しい。どうやら指を後孔に挿入して動かしているらしく、とんだヘンタイのスキモノ王子だ。

けれど、呆気《あっけ》に取られつつも期待感にうずうずしている自分がいるのも確かだった。なんでもいいから締めつけられたくて堪らないのだ。

きつい場所に穿って、激しく擦りたい。できれば柔らかくて温かい場所がいい。

「アヤ、待たせたな」

外出前の身支度でも整えたかのように王子は言い、腰を浮かせた。

「……くそ…っ……」

ぬるっと走った感触に、綾高が感じたのは軽い敗北感だ。顰めっ面《つら》になるのも構わず、王子は瘦《や》せているのが判るほど肉づきの薄い尻の狭間《はざま》に何度か綾高の強張りを行き交わせた。

片手を添わせながら腰を落としていく。

なされるがままの自分に悔しさを覚えると同時に、安堵もした。

これでさっさと終われる。イってしまえば、媚薬などどうということもない。

そんな風に半ば投げやりな気分で付き合ったものの、予想どおりにいかないのはすぐに判った。

女のそれより遥かに強い締めつけに、繋がれた場所で感じる他人の体温。けれど射精感はやけに遠く、むしろ激しい掻痒感《そうようかん》にも似たもどかしさばかりが増す。

快感は鈍く遠い。壁にでも隔てられているかのようだ。こんなものでは足りないとぎゃあぎゃあ喚《わめ》き出したくもなる。いつもと違う感覚は薬のせいかと思ったが、違うのは王子の被せた極厚のゴムのせいらしい。

「……随分と……安物のゴム使ってくれたもんだな」

「不満か？」

不平を零《こぼ》す綾高に、腹上の王子はキラキラ髪を揺らし、平然と笑ってくれた。

「おまえが気持ちがいいかどうかは私には関係ない。むしろおまえが達してしまっては、気が削がれる」

――鬼畜。

犯しているのは自分なのに、はっきりとそう思った。求めようが求めまいが、自分を満足させる気など己の欲望のままに腰を振っている男にはないのだ。

「アヤ、男は抱いたことがあるのか？　なんだ、ないのか？　つまらないな。日本人は思ったより性に保守的なんだな、アジアの中では進んでいるほうだと聞いたが」

まるでスポーツで一汗流しているかのように、小生意気な王子はペラペラと喋《しゃべ》りながら腰を動かしてくれるが、綾高は正直それどころではない。もどかしいばかりの圧迫感に、『くそったれ』と内心罵るばかりだ。

こっちこそアラブはもっと厳しいと思っていたよ。もしかして異性関係への戒律が厳しい地域だからこそ、同性間の性交への抵抗はゆるゆるだったりするのか。そんな馬鹿な。しかし、人間どこかで憂さ晴らしはしないと、性欲ってのは本能の一つだ。

「……ん…っ……」

どうやらだいぶ気持ちよくなってきたのだろう。さっきから王子の口数が減ってきた。

ベッドに膝《ひざ》をついた王子は、本当に馬にでも乗るかのように綾高の腹に両手を添えて腰を動かしている。

「…………はぁ…っ、う…ぁ……」

微かな吐息が響いた。俯《うつむ》き加減になって下りた長めの前髪の隙間からは、開かれた口元も見える。

何度か腰をずらし、もっと具合のいいとこを探るように上下左右に動かしていたかと思うと、王子は急にそれまでと違った声を上げた。

「……あぁ…っ…！」

突然の大きな声にびっくりする。折檻でもされ、打たれでもしたかのような泣き出しそうな声だ。

自分自身も予期せぬ声であったらしく、顔を起こした王子は潤んだ青い眸を綾高に向けると、恨みがましそうな眼差しでねめつけてきた。

俺のせいじゃない。自分で腰を動かし、自分で勝手によがっておいてなんだと思ったが、不平不満を返すほどの余裕は綾高にもない。くっと歯を食いしばり、自分までエロい声を上げないよう堪えるので精一杯だ。

「あっ…ひぁっ……」

王子のエロい声は断続的に続いた。さっきまでとは違う、粘膜のくせにどこか硬く張った場所に自身の尖端が嵌《はま》り込むように当たっているのは綾高にも判った。

震える手が、億劫《おっくう》そうな動きで綾高の頭上に伸ばされる。どうやら両手を括った紐を解いてくれるつもりのようだが、上手《うま》くいかないどころか面倒なことはやる気も起きなかったらしい。

「……サイード」

王子は細くなった声で、その名を呼んだ。

この状況でまたあいつを呼びつけるか。

「はい、殿下」

壁際から足音もなく寄ってきた男は、命じられるまでもなくするすると拘束を解き始める。『どうも』なんて礼を言うべきか言わないでいるべきか、くだらないことを迷うまでもなく無言でまた男は戻って行った。

解かせたのは、もちろん自分を楽にするためなどではない。

「扱け」

「え……」

「私の、ペニスだ。鈍い…奴だな、さっさと…しろ、のろま」

そんなこと、さっきから言いなりの側近にでもさせればいい。喜んで『殿下』のイチモツでもなんでも扱いてくれるさ……なんて恨み節は、口にはせずに飲み込んでおいた。

本当にそうなったらそうなったで一層のカオスセックス。想像するだに目眩《めまい》がする。

「出したら終わってくれよ、王子様」

下腹部をふわりと覆った衣服を捲ると、金色の淡い茂みの中から綺麗に反り返っている性器が露《あら》わになった。

スキモノ王子のわりに、年相応の初々しさかもしれない。滑らかな形に瑞々《みずみず》しいピンク色。けれど見た目が毒々しくなかろうと、性器は性器だ。

――なんで俺が。なんで、男のチンコを。

扱き方が悪かったなんて理由で殺されるのはまっぴらゴメンだ。それに、さっさと終わらせたい。

指を絡みつけ真っ当に技巧を駆使して擦り上げ始めるも、すぐに文句が飛び出した。

「……きついっ、もっと……力を、緩めろ」

「……こうか？」

「もっと…だ、馬鹿っ……緩めろって言っ…てるだろ…っ……」

「ちゃんと力抜いてる、もっとって……」

どうしろと言うのだ。もう軽く摩《さす》っているか否かの刺激しか与えていない。

「あぅ…っ…もっ……もういい、そこに…っ、触るな」

扱けだの、触るなだの訳が判らない。

わざと命令していびっているのかと思ったが、そんな余裕は王子にはなさそうだった。さっきからずっと、触らなくても「あっ」とか「んっ」とか啼《な》いている。腰のほうはしっかりと繋がれたままだ。

少しの間だが性器に触れた綾高の手は、ぬるぬるに濡れていた。見れば腹を打ちそうなほどに育った王子の屹立《きつりつ》からは、先ほどとは比べものにならないほどの先走りが滴っている。

どうやら感じやすいらしい。

昂ぶる自身に切なげな視線を落とし、王子はまた腰を揺らし出す。

「……はぁっ、は…っ……」

息遣いが艶めかしい。体も火照《ほて》ってならないのだろう、自ら裾を捲り上げて衣装を完全に脱いでしまう。裸を見せることにも驚くほどに抵抗はないらしい。

痩せた体だった。伸び上がるようにして脱いだ服の下から現われた肌は白く、けれど快楽に上気してほんのりと色づいてもいる。

なんとなく見ていられなくて視線を逸《そ》らすと、壁際の男と不用意に目が合ってしまい、綾高は慌てて目線を戻した。

人に見られてのセックスなんて異様だ。

いや、セックスというよりこれは自慰なのか。

自分は満足するまで戯れる道具に過ぎないのだと、腹の上で乱れる男を見つめながら思う。綾高も切羽詰まって煮え滾《たぎ》ってはいるものの、粗悪なゴムのおかげで二人の快感はまるで連動せず、それぞれの悦楽を求めているにすぎない。

「あ……いい、いい…っ……ぁっ……」

王子はもう、跨っている相手さえ忘れた様子で、もの欲しげな声を漏らしていた。

腰の奥というより、浅めの場所に感じるスポットはあるらしい。尻を浮かせ気味にして、飲み込んだものを味わっている。

卑猥な腰つきで快楽を貪《むさぼ》る男の眸は、今にも涙が溢れ出しそうなほどに潤んでいた。

青く波立って見える。シャラシャラと音を立てそうに揺れる髪は金色に煌《きら》めき、薄く開かれた唇は不釣り合いなまでにあどけないピンク色だ。

顔立ちはよく見なくとも判っていた。

整っていて、美しい。

「あっ、あっ……アヤっ……」

無防備になった小作りの顔が、自分の名を呼びながらふらりと近づいてきて、綾高は不本意にもどきりとしてしまった。

座っていることさえもう億劫なのだろう。その顔を擦り寄せるようにして、王子は半身を綾高の身の上に沈ませた。

初めて感じる体の重み。ほっそりとした腕や、無機物みたいに光るくせして柔らかな髪の感触。ふわふわと鼻先に触れて擽《くすぐ》ったい。

吐息で綾高の肌を撫でながら王子は規則的に腰を動かし、やがて甲高《かんだか》い淫《みだ》らな声を上げて達した。


「彼は使えそうですか？」

サイードの問いかけに、窓辺の椅子に腰を下ろしたカトラカマル王国の王子リインシャー

ルは、応えるより先に欠伸《あくび》を漏らした。

寝不足だったわけじゃない。セックスの後はいつもこうだ。頭が重くなるほどに眠くなる。けれど、指一本動かすのも億劫なこの気だるさを、リインシャールは嫌いではなかった。

セックスと同じくらい好きかもしれない。

ぼんやりしてしまえば、物事を深く考えなくてすむ。

けれど、それも信頼できる者が傍《そば》に仕えていてこそだ。満足に体も動かせない状態でリインシャールが一人きりになるときなど、もうずっと以前からない。

綾高とのセックスの後、体を風呂で清め、服を着替えてこの北側の日陰の穏やかな部屋に落ち着いたが、その間もずっとサイードは手を貸しながら傍についていた。

開放した窓の枠に身を預けて欠伸を繰り返す王子に、側近であるサイードは返事を急《せ》かすこともなく、水の入ったグラスを差し出してくる。

無言でグラスを手に取り、唇を寄せながらリインシャールは応えた。

「そうだな……たぶん飼い方次第だな。あの男、反抗的なところは気に入った。あの無駄に目立つ容姿も存在感があっていい。私が連れて来たことはすぐに広まるだろう」

「彼は日本人にしては目鼻立ちがくっきりとしていますね。体も大きい。念のため両親を確認しましたが母親は日本人でした。父親は戸籍上いないようですが、調べたところ……」

言いかけたサイードの言葉は途切れる。訝《いぶか》るリインシャールが水を飲む手を止めて傍らを仰ぐと、男は窓の外を指差した。

「殿下、あれを」

指の先が示しているのは宮殿を囲む塀の向こう、砂漠の地平線に向かって突き進む白い影だ。行く宛てなどないはずの男が、白装束の裾を蹴散らしながら勢いよく歩いている。

頬杖をついた王子はただ薄い苦笑いを浮かべて言った。

「昼食もまだだというのに、随分元気な奴隷だな。誰かに捕まえてこさせろ」


冗談じゃない。

ド淫乱王子に捕まって、こんな中東の外れの国で奴隷生活を送るなんてまっぴらごめんだ。

そうは思っても、実際問題、鎖《くさり》に繋がれていないだけで、綾高は天然の牢獄に入れられたのと同じだった。昨日は勢いだけで逃げ出したものの、すぐに追手が来て捕らえられてしまい、再び逃亡を図ったとしても安易な方法では逃げ果《おお》せられると思えない環境だ。

周囲を三百六十度砂漠に囲まれた宮殿。空港の場所どころか、街がどこにあるのかさえ判らない。そもそも説明を軽く聞いただけで、カトラカマルとかいうこの島国の位置だっておぼろげだ。

「あ、どうも」

綾高はメイドの女が差し出した皿を受け取りながら、軽く礼を言った。

昼食の時間だ。目覚めて丸一日が経《た》つ。昨日、宮殿に連れ戻された後は、風呂に食事にとまともな待遇が続いていた。与えられた寝室も案内された食堂も、とても『奴隷』を押し込んでおく部屋には見えない。

華麗で繊細な装飾の数々。複雑なアラベスク模様が天井には蜘蛛《くも》の巣のように張り巡らされている。ドアや窓枠にもなにか文字のような文様が彫られているが、綾高に読み取ることはできなかった。

使用人はほとんどが英語を話せるようだ。

女性は総じてシャイで、室内でも頭巾のような布を頭に被り、全身を防備するかのようにたっぷりと纏った布をふわふわさせながら歩いている。ところ変われば修道女のようだが、好奇心は旺盛だ。視線を感じると思ったら、数人集まって戸口から覗いていることがすでに何度かあった。

——自分は日本から来た物珍しいパンダかなにかか。

若いお喋りな男の使用人に聞いた話によると、この宮殿はリインシャール個人のもので、ほかに住んでいる王族はアミルとかいう八つも年の離れた弟だけらしい。

リインシャールは王位継承権を得ており、次期国王なのだと使用人は己のことのように誇らしげに語った。あの尊大ぶりも王子ともなれば当然の所業なのか。使用人たちはリインシャールをどうやら敬愛しており、『リイン殿下』と親しみすら込めて呼んでいた。

綾高にとっては、とんでもない災いの種であるというのに。

オイルマネーで潤う棚ぼた国の、お気楽ヘンタイ王子。

中東のいくつかの国の例に漏れず、ここもまた石油産出国らしい。小さな島国にしては莫大な埋蔵量の海底油田を持っており、金に困ることなどないのだと話に聞いた。あぶく銭が過ぎて、性奴隷を囲うなんて悪趣味な道楽に走ったたか。

綾高は溜め息をつきかけたが、さっきのメイドが食事の様子を窺っているのに気がつくと、無理矢理に愛想笑いを浮かべた。

テーブルに並んでいるのは、食べ慣れないものばかりだ。煮込んだ豆を菜っ葉で包んだような料理に、やたら癖《くせ》のある肉。ライスに載せられた肉はラムだが、有無を言わさずかけられた大量のヨーグルトのようなものは視覚的にも味的にも曲者《くせもの》だった。ヨーグルトのくせして塩辛い。口に入れた瞬間、慣れない味に違和感を覚える。

難しい顔をしそうになるのを堪え、ヨーグルトがけの黄色い飯をスプーンで口に運んでいると、急に食堂内の雰囲気が変わった。

戸口に数人並んでいたメイドが恭《うやうや》しく頭を下げる。

リインシャールのお出ましだ。

「アヤ！　まだ食べているのか、出かけるぞ！」

金色の髪を惜しみなくキラキラさせながら入って来た男は、まるでかねてからの予定をすっぽかしでもしたかのような非難の目を綾高に向けてくる。

「出かけるって？」

「今日は時間がある。おまえに我が国の素晴らしさを見せてやろう」

べつに見たくもないが、早速外に連れ出してくれるというのだ。逃げる糸口が摑めるかもしれない。綾高は口に入れた微妙な味の飯を急いで咀嚼《そしゃく》し、立ち上がった。

そのままリインの後を追って出口へと向かう。

外に出るとラクダが繋がれていたのでそれに乗るのかと思えば、サイードが傍らに立って待っていたのは車だった。オフロード仕様の四輪駆動車だ。

さっと開けられた後部座席のドアに、リインは最初からドアなど閉まっていなかったかのようにするりと乗り込み、シートに体を預ける。

ドアを閉めるサイードを横目で見ながら、綾高は手前の助手席に乗り込んだ。王子の隣に座らなければならない理由もないだろう。

車はやけに乗り心地がいい。どんな荒野を走るのかと思いきや、道も整備されている。不毛な砂漠には一直線にアスファルトの道が延びており、まさかの快適ドライブ。たった一つの宮殿と街を繋ぐためだけに舗装されたのかと思えば、ただただ呆《あき》れるしかない。

贅沢な中庭がいくつもあり、緑がそこかしこにある宮殿は、元からオアシスであった場所に作られたものなのだろう。バックミラーで小さくなっていく、砂漠の中の白い宮殿の姿は夢か幻のようだ。

道を囲むのは、一本の木すら生えていない、岩石と僅かな草が散らばるだけの礫砂漠《れきさばく》。狭い日本しか知らない綾高は、まるで地球ごと飲み込んでしまったかのように広大な不毛の平野に当てられた。

「すげえところだな」

そんなこの世の果てのような世界にも、人は存在する。バラックが時折点在して見え、車に気づいて深々と頭を下げる人影も見えた。

「ベドウィン、遊牧民だ。この国は元々、放牧で生計を立てる者が中心となっていた。変わったのは石油が世界のエネルギーとなってからだ」

後部シートから、説明するリインの声が聞こえる。

車はそのまま優に百三十キロを超えるスピードで爆走し続けた。信号もなければ対向車もない。景色すら変わらない道に次第に眠気を誘われつつ、一体どこまで車を走らせるつもりなのだろうと思っていたら、地平線上になにか見えた。

光だ。身を乗り出し、フロントガラス越しに目を凝らす。

突然現われたのは大きな街だった。

光は、ビルを覆うガラス窓が反射する日差しだ。砂漠の中に忽然《こつぜん》と現われた、高層ビルの輝く近代的な街並み。驚いている間にも車は速度を上げ、ぐんぐんと近づく街はその姿を現わしていく。

「我が国カトラカマルの首都、スフラシュカルだ」

街への出入り口には、物々しいゲートがあり、警備員が銃を手に立っていた。宮殿へ向かう者を監視しているのだろう。こちらからはなんの確認もなく、するっと車は街へと入って行った。

「大都市じゃねぇか」

首都とはいえ、想像の範囲外だ。

美しく整備された道路に、ただただ仰ぐしかない摩天楼。外観も個性的なビルが少なくない。日本のような味気ないコンクリートの建物の姿はほとんどなく、ガラスを多用した近未来的なビルが整然と並んでいる。

車は街の中心の一際高いビルに向かっているようだった。突き抜ける青空に向かって高々と聳《そび》え立つビルだ。

「……でかい」

「スフラシュカルタワーだ、七百メートルある。中東一……いや、世界一のタワーを目指して未《いま》だ建設途中だ。すべての完成にはあと二十年はかかる」

もうすでにこの辺りで止めていいだろうという高さだ。世界一になるにはそんなに年数かからないだろうに、いつまでも建設の終わらないスペインのサグラダ・ファミリアか。

「このタワーは完成しないことに意味がある。世界中にどんなタワーができようと、常に作り続けるスフラシュカルタワーは永遠にその高さを更新し続ける」

砂漠の島国王子は負けず嫌いらしい。

「次は海を見に行こう。サイード、ハリージュへ」

リインは綾高への説明を惜しまなかった。ガイド役なんて王子がすることではないだろうが、いちいち目を剝《む》いて驚く姿を面白がっているのだろう。

島国らしく海はすぐに見えてきた。海岸線まで砂漠は達している。崩れるように海へと流れ出す砂丘は、さながら氷河のようでなんとも壮大な眺めだ。

そして自然の織りなす景色の中にも、人の手によって作られた建造物は並んでいた。

「この辺りはホテル街だ。世界の一流ホテルが軒を連ねている。おまえは知らなかったようだが、この国はすでにヨーロッパやアメリカからの観光客も多い一大リゾート地だ。この辺りも十数年ほど前まではただの小さな漁村だったが、今は世界中が注目するスポットとなった。美しい街並み、眩いばかりに青い海、一度来れば皆虜《とりこ》になる」

確かに観光客好みの景観だ。雑然としたところの多い日本とは違い、街並みに完璧なまでの統一感がある。

しかし、なにかが腑《ふ》に落ちなかった。

走る車の中でそれらを見つめながら、綾高はなにもかもが真新し過ぎるという理由に思い当たる。

歴史を感じさせるものがない。ＣＧで作り上げた架空の都市のような空気感で、人の生活を感じさせるものが極端に少ない。

そう思いながら街を注意深く見ていると、そうではない部分もあるのに気づいた。豪華な客船の停泊している港からスフラシュカルの中心部へ向かう道沿いには、活気づいた細い裏路地がちらちらと見える。

「なぁ、今見えたのは？」

「スーク、市場だ。魚から骨とう品までなんでも揃う」

「商店街みたいなものか」

「スフラシュカルは元々貿易港だった。あまり栄えていたとはいえないが、港の整備に力を注いで大型の船舶も自由に出入りできるようにしてからは、この街も賑《にぎ》やかになった」

リインは、どこからも見える象徴的な巨大タワーを見つめて言う。

「私はカトラカマルをすべてを備えた国にするつもりだ。海も、砂漠も、街も。街はただの街じゃない、一流の街だ。春には近くに新しい国際空港もオープンする。砂漠ばかりの島で辺境扱いされていたこの国を、私は世界にもっと注目させてみせる」

カトラカマルの街角正解率をＴ大正解率レベル……いや、常識に変えたいらしい。べつに世界の裏っ側やら、隅々やらにまで知られなくとも、国民は幸せにやっていけるだろうに。

王子の見栄っぱりに付き合わされているのか。

「……人の欲には果てがないもんだな」

「なにか言ったか？」

「いや、なんでも。さすがにオイルマネーで資金力のある国は違うなぁと思って」

嫌みにリインは激昂《げっこう》したりはしなかった。

それどころか、さらりと返した。

「石油は無尽蔵の資源ではない」

真っ当な言葉過ぎてびっくりだ。綾高はバックミラー越しにその表情を窺おうとしたが、助手席からでは確認できなかった。そのまま会話は途切れて車内は静かになり、リインが再び口を開いたのは少し経ってからだ。

「アヤ、せっかくだ、おまえを私の一番気に入っている場所へ案内してやろう」

もう充分だと思ったものの、ハンドルを握るサイードは王子の言うがまま。どこだともはっきり言わないのに、あうんの呼吸で方角を定める。

車は意外にもスフラシュカルをあっさりと出た。来たときと違い、ゲートで軽く時間を取られたが、なにしろ乗っているのは王子とその側近なので、日本人が一人乗車していることなど誰も気にも留めない。

元来た一本道をひた走り、白い宮殿の姿も見えてきた。このまま帰ってしまうのかと思い始めたところで、サイードはいきなり車を方向転換させ、道路脇の砂漠に飛び出させた。

車は揺れ、砂埃《すなぼこり》がガラス越しにもうもうと上がる。

「うわっ、どうしたんだよ一体」

「月の丘には道は通っておりませんので」

オフロード仕様車だ。べつに舗装された道のみを走る必要はない。

野性の勘で車を突き進めているとしか思えないドライブは続き、気がつくと砂漠の表情が変わり始めていた。転がる岩石の姿が少なくなり、ところどころに丸く微かに生えていた草も完全に失《う》せる。

大地の色は赤みを増し、硬く平らに見えていた景色がうねりを見せた。

「砂丘……」

目の前に山のような連なりを見せているのは、まさしく砂漠と聞いてイメージする砂丘の姿だ。

「アヤ、降りるぞ」

「え？」

「ここからは徒歩だ。車はこれ以上入れない、これを被れ」

「……そんなものいらない」

リインが差し出したのは頭に被るあの布だった。

民族衣装は服だけでも不本意なのだ。

ささやかな抵抗に、サイードが珍しく自ら語り出した。

「ゴトラは砂漠を歩くのに必要なものです。今は二月で過ごしやすい季節ですが、それでも日中の温度は三十度を超えています。これが夏なら五十度……」

「好きにさせてやれ。私はべつに奴隷が頭で目玉焼きを焼いても構わん」

忠告はせっかちな王子に遮られ、綾高も黙って車を降りる。

「アヤ、早く来い！」

手招かれて後に続いた。

この先に一体なにがあるというのだ。ただ大きな砂山が聳えているだけだ。おぼつかない足元は砂浜を歩いているような感覚だったが、すぐに違うと思った。

一度足が埋まると、抜き出す抵抗が大きい。砂がやけに重いのだ。あまり好んで歩きたい場所ではない。

先を行く背に呼びかける。

「王子、月の丘ってのはどこにあるんだ？」

「今歩いている。ここが月の丘だ」

「この砂山が？」

「月の丘というのは、この辺一帯の総称だ。砂丘は常に風に形を変えて移動する。どれか一つに名前をつけることなどできない」

「へぇ……」

話している間にも綾高は疲労感を覚えた。体力だけは人一倍あるほうだが、砂漠歩きなんて未経験だし、砂丘をてっぺんまで登る気でいるらしいリインに『勝手に一人で行ってくれ』と言いたくなる。

一歩上るごとに足元は崩れる。砂の重さと自分の体重でずるずると後退し、『三歩進んで二歩下がる』とはまさにこのことといった状況だ。サビも詳しく知らない昔懐かしい水前寺清子の曲が頭をぐるぐる回りそうになり、しまいには『清子は砂丘で歌ったらよかったんだ』などと愚にもつかないことを真剣に思い始める。

現実逃避ではなく、自分はヤバめなのかもしれなかった。

暑いし、息が切れる。まだ過ごしやすい暑さと思っていたが、砂漠に出るとどうも体感温度が違う。太陽が近いようにも感じられるのは気のせいか。

今、正直言って綾高は車に残してきた頭巾が欲しかった。

「それにしたって、頭に頭巾っ……被るかどうかよりっ……日中にこんなところを上らなきゃいいだけだと思うんだがっ、なぁっ、王子？」

「砂漠の砂が不安定なのは粒子の形のせいもある。ただの砂ではない。絶えず風に飛ばされ続け、ぶつかり合い、細かくなった粒はどこまでも丸くなだらかだ」

まるで詩でも読み上げるような調子でリインは語った。

――俺の話は無視かよ！

「この丘は岩石のなれの果てだ。この土地は乾いている。おまけに昼と夜の気温差は季節によっては四十度近くもある。岩でさえ、その姿を保っていることができないのだ。昼は膨張し、夜には縮み、堪え切れなくなった石から砕ける。小さく、小さくなっていき、やがて風に飛ばされるようになる」

朗々としたリインの声が、静寂の砂漠に響く。

どこからその余裕は湧いてるんだと思った。

ひょろっこい体をしているくせに、まるで疲れを見せず、さくさくと砂山を上っていく。体重が軽くて、アメンボみたいに浮いてでもいるのかと思ったが、砂地に足を取られながら歩いているのは自分と変わりはない。

一歩、一歩。砂を踏みしめ丘を上っていく。

クソ王子にクソ砂漠。次第に恨みすら籠る。

「こんなとこ、上ったってっ、なにが見えるっ……ていうんだ。砂漠ならっ……宮殿の屋上で見た……つか、車からもじゅうぶん……」

ようやく頂上に辿《たど》り着いた。

達成感なんてありはしない。

そう思っていたのに、綾高は言葉も息も飲んだ。

空と大地の青とオレンジの二色のコントラストは、宮殿の屋上で見たときの比ではなかった。ここでは大地の色が濃い。対比する空の青さも深い。

風は砂の海に波紋を描き、砂丘は大きなスプーンでさっくりと抉《えぐ》り取られたかのようだ。

足先から向こうはもうまるで切り立った崖となり、稜線は立っているのも覚束《おぼつか》ないほど細い。

そこかしこで砂がさらさらと流れ出していた。足場は脆《もろ》く、常にバランスを取っていなければならず落ち着かない。

しかし、絶景であることに違いはなかった。

砂漠は圧倒的な存在感で、なにもかもを凌駕《りょうが》する。

「どうだ、綺麗だろう？」

隣に立つリインの言葉に、綾高は素直に頷《うなず》いてしまっていた。

「ああ、美しい」

「ここは私の気に入りの場所だ。時々一人で来る。静かだから考え事をするのにもちょうどいい」

リインは指差した。

「見ろ、ここからはスフラシュカルも見える。あっちに見えるのは北の街、ズルカだ。東に

も街が見える」

宮殿よりも遥かに高い位置からは、さっき訪ねたばかりの首都も、それ以外の街も小さいながら確認することができる。

「ここから見えるもの、すべてがいずれ私のものだ。土地も街も民も。今はまだ国王のものだが、陛下は病に伏せている。医者の話では、もう長くはないらしい。近いうちに私が王となり、みな所有する」

遠い目を地平線の果てに向け、リインは権力をひけらかすかのごとく言った。国王は自分の父親だろうに、病気の心配などまるでしていない口ぶりに、綾高はつい皮肉を込めて返す。

「見えるものすべてね……だが、空は誰のものでもないだろう？」

「空は神のものだ。島国の我が国の宗教はほかとは違う。我が国では王が死んで神となる」

王子に皮肉など通じないらしい。

唇の端を歪《ゆが》めて冷笑した男は、さらりと言ってのけた。

「つまり、いずれは空も私のものということだ」

——よく判った。

まったく人として相容れるところのない人間だということが。

「帰るぞ」

綾高が苦虫を嚙み潰《つぶ》したような顔をしていることなどお構いなしに、リインは満足すると砂丘を下り始める。

帰りはまるで滑り台だ。踏み出す側から足元は砂に掬《すく》われ、上りの何倍ものスピードで急降下していく。

あと少しで傾斜がなだらかになるというところで、綾高は崩れる砂の勢いについて行けず尻餅をついた。さっさと先を行く王子は無様にすっ転んだことには気づいておらず、綾高は急いで立ち上がろうと後ろに手をつき、今度は「ひゃっ」となった。

なにかが通った。なにもいるはずのない砂の上で、それは手の甲をぬるりというか、するりと走り抜けた。

「ぎゃっ!!」

姿を確認した綾高は、思わず悲鳴を上げた。

「……なにをやっているんだ、おまえは」

振り返ったリインは呆れた顔をする。尻餅姿をわざわざ晒《さら》してしまい、醜態この上ないがそれどころではない。

「へっ、へビっ、蛇がいるっ!!」

人間、ガタイが多少人よりデカかろうと、一つや二つ苦手なものぐらいある。綾高にとってはそれが蛇だ。

「蛇? ああ、そいつは蛇じゃない。スナスジトカゲだ」

「すなすじ…トカゲ？」

「そう、よく見ろ足がある」

するすると砂の上を這っていく生き物は、確かに小さな四つ足を出している。白っぽい体に黄色の背中。黄金色にも見える柄は、名のとおりスジのような縞《しま》を描いており、両脇に黒っぽい斑紋が並んでいる。体つきはトカゲにしてはずんぐりだ。

トカゲは二メートルほど走ると、猛烈な勢いで今度は砂に潜り始めた。

トカゲだってびっくりしたに違いない。地面と思って通過したものが動いた上に、静かな砂漠に大悲鳴。おまけに蛇呼ばわりされたんじゃ気も悪くする。

「……お、俺はにょろにょろした奴は苦手なんだ」

たぶん、子供の頃に山でマムシに嚙まれたトラウマだ。綾高自身はよく覚えていないのだが、母親に何度か言われた。『あんたは子供の頃、マムシに嚙まれてんのよ』と。

そのとき焦った誰かに背負われ、山道を転げる勢いで下りたことだけはなんとなく覚えている。

母親とは思えない、大きな背中の誰か。

アメフトやラグビーの似合いそうな体つきの男だった。

「はははっ、大きななりのくせして蛇が苦手なのか！」

リインは声を立てて笑った。『遠慮』なんて奥ゆかしい文字は頭の辞書に存在しない王子は、綾高の弁解に大笑いだ。

「わ、悪かったな」

「安心しろ、このトカゲは毒もない。子供の頃、私は飼ってたこともあるんだ。結構懐いていたんだぞ？　こう、腕から肩に走らせたりしてな、なかなか可愛かった」

右腕から左肩へと首の後ろを通って走るトカゲを、リインは左手の指先を動かして表現してみせる。ペットのトカゲを思い出したのか、やけに楽しげな表情だ。

普通に笑った顔を初めて見たかもしれない。

笑えば、幼く見える。

いや、実年齢の十七歳に見えるというだけか。

「おい、トカゲ出てこい。姿を見せろ」

リインはトカゲの隠れた辺りに座り込み、声をかけた。呼んだって慣れてもいない野生のトカゲが出てくるはずもないのだが、反応がないとふてくされたみたいに唇を尖《とが》らせる。

年相応の子供っぽい拗《す》ね具合だ。

見慣れぬ表情の数々にやや驚いていると、車のほうからサイードが走り寄ってきた。

「殿下！　リイン殿下！　どうかなさったのですかっ⁉」

さっきの悲鳴……といっても、綾高のものだが……を聞きつけて心配になったのだろう。

頭の頭巾も引き毟《むし》りそうな勢いで、衣服の裾を捲り上げて走ってくる男は血相を変えている。

「サイード、なんでもない。こいつがトカゲごときに驚いて腰を抜かしただけだ」

すくりと何事もなかったかのように立ち上がり、リインは言い放った。

自身が見つからないトカゲに不貞腐れていたことは、ちゃっかり割愛されていた。


宮殿に戻ると、出かけるときはなかったはずの長々とした車体の黒いリムジンが正門の傍に停まっていた。

中央の中庭の池のほうから子供のはしゃぐ笑い声が聞こえる。

子供は戻って来たリインに気がつくと、嬉しげに走り寄って来た。

「兄上！」

「アミル、ただいま」

「どこに行ってたの？　今日はお休みだって言ってたのに」

綾高は初めて目にするが、どうやら話に聞いていたリインの弟らしい。甘えた声でリインに話しかける弟は、態度も表情も九歳の子供らしさで、小柄なせいか年齢以上に幼くも見える。

兄弟というわりに似ていないなと思った。

弟のほうはアラブ人らしい浅黒い肌の色に、真っ黒な目と髪。しいて言えば、髪質が少し天然のくせっ毛でふわふわしているところだけは通じているか。

「ちょっと用事ができてね」

「ふうん、もう終わった？　ラティーフおじさんがね、お土産をくれたんだ。船のラジコンだよ、すごく大きいんだ！」

「……そう、あまり貰《もら》ってはいけないと言っただろう？　仕方のない子だ」

溜め息をつき、リインは無邪気に喜んでいる様子の弟の髪を撫でた。

中庭の池には原色のごてごてとした色合いの船が浮かんでいる。一緒に遊んでいたとみえる男が、こちらへ向かって真っ直《ます》ぐに近づいてきた。

男はシルバーグレーのスーツ姿だ。街中では車の中からスーツの男はいくらでも見かけたが、宮殿では初めて目にする。綾高にとっては、ほっとする見慣れた服装だった。

「リインシャール殿下、これはお久しぶりです！」

にこやかな笑顔でリインに話しかける姿を綾高が少し離れた場所でじっと見ていると、脇からサイードが説明をくれた。

「ラティーフ・イブン・サバフ殿下。実業家として活躍していらっしゃいます。国王の直系ではありませんが、王子の一人です」

「直系じゃない王子なんているのか？」

「王位継承権はありませんが、王子には違いありません。現国王のファルハマド陛下の父、前国王バッサーム陛下の二十八人の王子の一人、サバフ殿下の十五番目の王子になられます」

「……一体この国に王子は何人いるんだ」

中東は日本に比べて子沢山のイメージは確かにあるが、それにしてもまるでネズミ算だ。

「正確な数は把握しておりませんが、五百人ほどはいらっしゃると思います」

サイードは生真面目な男らしく、綾高のボヤキにもまともに応える。

「ふうん、リイン王子にもよっぽど兄弟がいるんだろうな」

何気なく口にした一言に、今度は隣からの返事はなかった。沈黙の時間が流れる。不思議に思って窺えば、サイードは髭面の横顔を見せたまま無表情に答えた。

「殿下は第十二王子にあらせられます」

十二番目。予想以上の数だ。上に男だけで十一人もいるのか。まぁ、まだ十七歳なのだから、かなりの末息子であってもおかしくはないのかもしれない。

それにしても今の妙な間はなんだったのだと思う。

なにか引っかかる。サイードの反応だけでなく、違和感を綾高は覚えたけれど、目の前で繰り広げられ始めた不穏な空気の会話に気を取られた。

「ラティーフ殿、アミルをあまり甘やかさないでいただきたいと申し上げたはずです」

リインはアミルを付き人であるメイドの元へ追い立てるようにして向かわせ、男に対して剣呑《けんのん》な調子で言う。

ラティーフとかいうスーツの男はへらへらと笑って返した。

「まぁまぁ、せっかくの土産じゃないですか。アミル様もあのように喜んでおられる」

「土産？　あなたは常に仕事やら豪遊やらで世界中を飛び回っているのに、今更土産もないでしょう」

「はは、それなら殿下も人のことは言えますまい。近頃は東洋の島国がお気に召されている様子だ。なんでも今回は面白い土産を持って帰られたとか」

ちらと振り返った男の視線がこちらに向いた。

「あいつ、こっち向いたぞ……なんの話をしている？」

距離は数メートル足らずだ。会話は丸聞こえだが二人のアラビア語は判らず、サイードに問うと見事なまでの直訳らしい答えが返ってきた。嘘誤魔化しがないにもほどがある。

『面白い土産』とは明らかに自分のことだ。

「やれやれ、殿下の悪趣味にも困ったものだ。美しい女ならよりどりみどり、私が何度も用意して差し上げているというのに」

「ハーレムを作る気はない。女はいらないと何度も言ったはずだ」

素っ気ないとしか形容のしようがないリインの反応に、男は眉を顰めるでもなくただ小さく肩を竦めた。なんだかよく判らないが、綾高の目にもリインの態度は男に好意を持っているようには見えない。

「そうでしたかねぇ」

「それに『土産』は持って帰ったばかりだというのに、よくご存じだ」

「地獄耳でしてね」

「ふうん、スフラシュカルのゲート番とも随分仲がよろしいようで。私がいないときばかり狙いすましたように宮殿にやって来る」

「たまたまですよ。それにアミル様と違って、あなたは私と遊んでくれませんしね」

メイドの元にいるアミルに手を振ってみせた男は、むすりと口を閉ざしてしまったリインの元を離れ、ついとこちらに向かってきた。

「やぁ、コンニチワ」

まるで親戚のオヤジみたいな気安さで、綾高に日本語で話しかけてくる。

「ど、どうも……こんにちは、あの……」

「ああ、ストップ。日本語はそこまでにしてくれ。簡単な挨拶くらいしかできないもんでね」

肉厚の唇に丸っこい人差し指を押しあてる仕草で、男は茶目っ気を見せて言った。

綾高と変わらないくらいの身長だが、横幅はたっぷりとある。恰幅の良さは裕福の象徴か。肌艶もよく、アラブ独特の髭面で中年に見えるものの、実際は自分と一回りも違わないのかもしれない。三十代前半、といったところか。

「日本からカトラカマルへは長旅だったろう？　直行便はまだ存在しないからね。ドバイかエジプトを経由する必要がある」

「いや、俺はまったく覚えてないっていうか……」

「君も大変だねぇ、リインの気まぐれに付き合わされて。同情するよ」

ぽんっと肩を叩いた男は、耳打ちするかのように言った。

同情。ここへ来て初めての言葉だ。

初めて人間らしいまともな反応を見せる相手に出会ったと、綾高は感動すら覚える。

「さて、私は殿下にも嫌われているようだし、そろそろ退散いたしましょうか。アミル様！　オジサンはもう帰るよ！」

呼びかけるとメイドの元からアミルは再び走り寄って来た。『えー、もう帰っちゃうの〜』と言いたげに唇を尖らせており、随分懐かれているのが判る。

そんなところも面白くないのだろう。リインは一瞥《いちべつ》しただけで、柱廊に向けて歩き出す。サイードがつかず離れずの距離で後を追い、ついて来いとは言われなかったが綾高も続いた。

「なぁ、あんたあの人が嫌いなのか？」

思わず確認してみる。

「好きなように見えたなら、おまえには明日から眼鏡を用意してやろう」

「どうして？　そんなに感じ悪い人じゃなかったけどな」

つまらない冗談は相手にせずに問うと、冗談にもならない言葉が返って来た。

「あいつの家の飯は不味《まず》い」

「……は？」

「去年呼ばれたが最悪だった。それだけだ」

まったく理由になっていない。

飯が著しく不味かったぐらいで、人を嫌ってたらキリがない。

傲岸不遜。まさにそんな言葉がお似合いの王子は、呆気に取られる綾高の歩みが遅れたのにも気づかぬまま、つかつかと柱廊を歩きながら言った。

「私は今夜は公務がある。おまえは宮殿内で好きにしていろ」

◇　◇　◇

瞬く間に一週間が過ぎた。

綾高は昼は特にすることもなく宮殿内をぶらつき、たまに中庭で出くわす弟のアミルの遊び相手になったり、『アヤ、兄さんの性奴隷なんだってね』と九歳児に言われて絶句したり。

そして、夜はその名のとおり王子の性欲解消に付き合わされる。

むろん抵抗を試みなかったわけではない。夜毎、王子が自分を意のままにしようと使用する例の媚薬の瓶をふっ飛ばしてみたりしたが、すぐにサイードが新しいものを持ってきた。

どこが『幻』だ。湯水のように湧いて出る。

おまけに極厚コンドームの粗悪ぶりも健在ときた。

ヘタに順応性が高いものだから、他人に見守られながら男とセックスという異常事態にもさほど苦痛を覚えなくなってきてしまった。このままでは、慣らされて奴隷生活に落ち着いてしまいかねない。

とにかく問題なのは、ここが隔絶された砂漠のど真ん中ということだ。

「ラクダのコブは、水が入ってんじゃないならなにが入ってんだ？」

昼食の後、宮殿の裏門近くにやって来た綾高は、小屋の前に繋がれているラクダを見ながら言った。王子が乗っているところを見たことはないが、宮殿では十頭近くのラクダが飼われており、使用人が世話をしている。

ラクダなんて今まで動物園で見たことしかない。綾高の素人らしい質問に、若い使用人は白い歯を覗かせて笑った。

「コブに入ってんのは脂肪だよ、脂肪。まぁコイツがあるからラクダはタフなんだけどな」

背中のこんもりとしたコブを軽く叩きながら、男は言う。

ラクダは嫌がる様子もなくよく慣れている。長い睫毛《まつげ》に縁取られた目は、心なしか新入りの綾高を胡散臭《うさんくさ》そうに見つめ、鼻をひくひくとさせて鼻孔をぴたりと閉じては開いた。

並んでいるのはみなヒトコブラクダだ。体高は馬よりあり、なによりも馬と違うのは跨ぐのは困難に思えるほどの盛り上がったコブとどっしりとした横幅だ。

「なぁ、こいつは乗れるのか？」

「乗れないラクダなんて飼ってどうするよ。砂漠に出るときは車よりこいつらのほうが役立つときもある」

「ふうん、水なしでどのくらい歩ける？」

「そうだなぁ、数日は軽く平気だ。一週間でもいけるかもな。こいつらは馬なんかよりずっと力もあるから、荷物も楽々運ぶ。人どころか、何百キロも載せられるんだ。昔は砂漠の舟なんて言われたもんで……」

揚々と語り始める男の話は半分に、綾高は頼もしそうなラクダの体を眺め回した。

肉厚の足先はまるで足袋《たび》でも穿いたような格好で、馬の蹄《ひづめ》とは違う。砂に埋もれないための作りなのか、どこまでも砂漠に特化した生き物だ。

荷物をどれくらい運べるかに興味はなかった。綾高の興味は距離だ。自分がコイツを奪って乗ったとして、どこまで運んでくれるかだ。

「なぁ、俺にも乗り方を教えてくれるか？　乗ったことねぇんだ、面白そうだ」

観光客よろしく無邪気を装い、言ってみる。

「うーん、そうだな。世話を手伝ってくれんならいいよ」

気のよさげな使用人は警戒した様子もなく笑って応える。

返事の途中で背後からべつの男の声が響いた。

「ほう、ラクダに興味があるのか？　ここらじゃまともに利用しているのはもうベドウィンと観光客ぐらいのものだがなぁ。後は……そうだな、ラクダのレースはなかなか人気がある」

振り返ると見覚えのある男が立っていた。

珍しいスーツ姿の男は、このあいだリインに煙たがられていたあの実業家をやっている親戚王子だ。

「あんた、たしか……ラティーフとかいう」

「嬉しいね、覚えてくれてたのか」

「アミル王子なら、今頃は東の塔の部屋で家庭教師の時間ですよ」

「それは知ってる。君を探しに来たんだよ、アヤタカ」

「俺を？」

男は手招くようにして綾高をラクダと使用人から遠ざけ、布製の手提げ袋をぬっと差し出した。

「土産だ。日本食だよ。いろいろと不自由してるんじゃないかと思ってね」

王子ではなく自分に貢ぎ物だなんて訳が判らない。半信半疑で受け取った綾高は、袋をそろっと覗いてみて驚く。

「梅干しに納豆？　醤油に……こっちは焼酎か？」

「あとで米も届けてやろう。私がハリージュで経営しているホテルには日本食レストランを入れているから、大抵のものは揃う」

「マジで!?」

思わず興奮もする。

ここにある日本製のものといったら、数限られていた。どうにも落ち着かない金ピカのトイレで、便器にT〇T〇の文字を発見したときは頬ずりしそうになったくらいだ。

「食料品以外も手に入れば用意してやろう。日本のものは私も気に入っている。特に温水洗浄便座、あれはいい。日本の宝だ！」

綾高の考えを知ってか知らずか、男も同調したように話し始めた。

どうやらアラブ人……海外での日本トイレの評価は本当らしい。

確かに日本のトイレは人の下の世話をよく焼く。水を流すタイミングぐらい自分で取らせてくれよと常々思っていたが、砂漠の真ん中で目にした日にはそれさえも誇らしく思えた。

勝手に蓋まで上げ下げされては、頭の一つも撫でてやりたくなる。どこが頭だかよく判らないけれど。

「あんた親日家なのか？　ありがとう、いい人だな」

「はは、殿下には嫌われてるけどね。私は仲良くしたいんだが」

「そういや飯がいまいちだったとかって言ってたな……食事を改善してみてはどうだ？」

ラティーフはぴくりと太い眉を動かし、一瞬表情を強ばらせたが、すぐに人好きのする穏和な笑みを浮かべた。

「それもまぁ理由の一つだろうが……殿下は私のことが気に入らないんだよ。彼の政策に私は反対しているからね」

「政策？」

「私はどうも闇雲な都市開発は好きじゃないんだ。彼は開発を急ぎ過ぎてる。そのせいでベドウィンや先住民の反発も大きい。まだ十七歳だ、彼には正しく導く年長者が必要だと思うんだけどねぇ。余計な口出しするもんだから、私は嫌われてしまったようだ」

そんな政治的問題が関わっているとは思いも寄らなかった。十七歳が国を動かせる立場にいるというのも、どうにも日本の感覚では受け入れがたい。

目を瞠らせた綾高に、男は怯《おび》えたように目線を周囲に巡らせた。

「あ、今のは黙っておいてくれよ？　そんなことを言っているなんて知られたら、どんな目に遭わされるか判ったものじゃない」

「判った。べつにリインになんて言いたくもならねぇし」

ラティーフは目を細めて笑う。

「ああそうだ、ほかに欲しいものは具体的にあるか？」

欲しいもの。ここで暮らし始めていろいろと思い浮かべていた気がするが、問われてみるととっさに思いつかない。

綾高の頭に常に浮かんでいるのはただ一つ。

「俺を日本に帰して欲しい」

笑みを浮かべていた男の顔に、途端に困惑の表情が浮かんだ。

「アヤタカ、それは難題だ。とても難しい。私にできることは限られている」

「日本に帰りたいんだ。俺はこの国の人間じゃない。この国に来るつもりだってなかった。どうにかして抜け出すつもりだが、砂漠からなんとか街まで出られても、俺にはパスポートがない。リインの話が本当なら日本の国籍を消したそうだ。あいつにできるのか？　そんなことが？」

「うーん、嘘かもしれないし、できるかもしれない。金だけじゃなく人脈もある。この国は小さいが、王と王位継承者の力はそれほど大きいんだよ」

落胆が一気に顔に出たのだろう。男の肉厚の手が、綾高の肩を励ますように叩いた。

「まぁそう気を落とすな。待っていれば、好機はいつかやってくる。私もね、そうやってなんでも気長に待つことにしているんだ」

「あんた……やっぱいい人だな」

「なにか君を帰す方法がないか、考えてみるよ。大事なのは……リインに嫌われないことだ。警戒されたらことがやり難くなる。リインに上手く取り入って信頼されるんだ、アヤタカ」


しかし、リインに取り入るといってても具体的になにをしたらいいのか判らない。とりあえず反抗的な言葉は控え、夜はニコニコとベッドで奉仕活動。やりたくもないが、それなりにやりたい振りで付き合い、『すっかりここの暮らしにも慣れました』ってな顔をするうちにまた一週間ほどが過ぎた。

昼間、中庭でラクダの世話を手伝っていると、珍しく外出をしていなかったリインが興奮気味に近づいてきた。

「アヤ！　いいものが届いた、一緒に見よう」

手にはプラケースに入った白いディスクを持っている。綾高は宮殿の地下にあるシアタールームに案内され、映画でも見るつもりなのかと思った。

中東映画では自分が観たところで言葉の壁でちんぷんかんぷんだ。ハリウッド映画なら助かるな……とまぁ、その程度の気楽な気持ちで勧められたリクライニングシートに腰を下ろした綾高は、開始三分で身を乗り出すとは思ってもいなかった。

「なんだこれ、日本……日本映画か？」

映っているのは日本の駅だ。新宿駅か。構内から表へ向かう出入り口は、馬鹿みたいにたくさんの人が歩いていて、改札周辺の壁際は人待ち顔の老若男女で混雑している。

音楽もテロップもない。始まった映像は手ブレも酷《ひど》く、ドキュメンタリー調の映画なのかと思った。

けれど、すぐに違うと判った。

ざわめきの中からするっと現われた若い女。見覚えのあるバッグを肩に下げていると思えば、映像の中心となって動き始めた長い髪の女は綾高のよく知る人物だ。

「なっ……」

声を上げて目を剝く。

隣の席に座ったリインが口を開いた。

「上野《うえの》麻衣、二十四歳。富栄商事《とみえいしょうじ》株式会社、経理課勤務。君の元彼女だ」

なにからなにまで知っているといった口調に、料理に入り込んだ小石のような言葉が加わる。

「……元？」

嫌な予感がした。明かりを落とした部屋の中で、ぼんやりと浮かび上がったリインの横顔が画面を顎《あご》でしゃくって示す。

彼女はスクリーンの中で改札を抜け、壁際に向かった。

待ち合わせの人混みの中から、花屋の前で待つコート姿の男に声をかける。綾高の知らない男だ。彼女は嬉しそうに満面の笑みを浮かべ、男と寄り添い並んで歩き出す。

リインは、まるでドラマの先週のあらすじでも読み上げるかのように淡々と語り始めた。

「彼は……名前は伏せておこう。ある商社に勤める営業マンだ。年齢は確か三十歳。勤務態度も成績もいい。最近、ある結婚相談所に登録したばかりだ。女を紹介されれば瞬く間にパートナーは決まっただろう優良物件だが、その前に彼は君の彼女と出会った。通勤電車の車内でね。営業先が急に予定をキャンセルしてきて、いつもより早く乗ることになった帰宅の電車の中で、正義感の強い彼は痴漢に遭った彼女を救った」

スクリーンの中で彼女は笑っていた。

会話は聞こえずとも、二人の親密さは嫌というほど伝わってくる映像に載せ、リインの声はナレーションのように流れる。

「助けてくれた礼を言う彼女のバッグには、タイミングよくペアのディナーのチケット。職場で突然貰ったその夜限りのチケットだ。彼女の携帯は何故か電波が不通で、誰も誘うことができない。そして痴漢にも遭い、最悪の夜になるはずが目の前にはヒーローのように現われた男……これで運命を感じずにいられる人間はどのくらいいるかな」

話は判るようで、判らない。

誰の目にも恋人としか映らないスクリーンの二人を前に、綾高はただ表情を失くしていた。

「……どういうことだ？」

「どうって、お膳立てをしてやっただけだよ。彼女と彼の出会いをプロデュースしてやった。二人はディナーで親密になり、順調に恋人関係になった。そうだな、サイード？」

「はい、おっしゃるとおりです」

「映像はいつのものだ？」

「二日前と聞いております」

通路に突っ立ったままのサイードがいつものごとく従順に応え、リインは懐からなにかを取り出した。

「アヤ、彼女からおまえにメールが届いている」

もう処分されたかと思っていた自分の携帯電話だ。

膝上に投げ寄こされた。『ごめんなさい』の件名で始まるメールの内容なんて、本文を見ずとも判る。それでも携帯電話を手にしてしまえば確かめずにはいられず、メールを読み始めた綾高は、自分がまだ僅かな望みを持っていたことを落胆と共に知る。

通話ボタンを押した。無意識だった。

一メートルほど離れた隣のシートに深く身を預けたままのリインが、冷めた声音で言う。

「無駄だ。もうその電話は用なしだからな。彼女のメールが届いた時点で解約した」

「俺と彼女を別れさせるためにやったのか？　あの男を近づけたのか!?」

「そうだ。金で別れるのも味気ないだろうと思ってな。彼女も日本で帰る予定もないおまえを待つのは苦だろう。もっとも、あの男と出会わなくとも、おまえとの仲は終わりかけていたようだが……」

「ふざけんな!!」

シートの背凭《せもた》れを拳《こぶし》で叩きつけ、綾高は立ち上がった。

正気を疑う。

「なに考えてんだ。おまえ、何様のつもりだ!?　はっ、王子様か？　王子は人の人生にズカズカ割り込んで、掻き回して好きにしていいってか!?」

「掻き回す？　なるべくしてなっただけだ。べつにあの女を騙《だま》しても脅してもいない。出会いを求めていた男と会わせてやったそれだけだ。偶然と変わりない」

「こんな茶番、どこが偶然と変わらないってんだっ！」

「おまえと私が関わったのも偶然だ。ならば、私があの二人の運命を操作したのもまた偶然と言えるだろう」

リインの指差す映像を綾高はもう見ていなかった。

昂ぶる感情が不快だ。発した声は低く沈む。

「……なにが偶然だ」

「アヤ、何故怒っている？　おまえが失望するなら彼女に対してだろう。随分と尻の軽い女だ。どうやらおまえのことは秤《はかり》にかけるまでもなかったよう……」

「リイン、人を弄《もてあそ》ぶのも大概にしろっ!!」

温厚なほうだと自他ともに認める綾高にとって、こんなにも激昂するのは久しぶりだった。

スクリーンの映像を明かりにして浮かび上がっているのは、軽く腕を組み、目蓋を落としてさえいる男の澄まし顔。まるで動じた様子もないその態度に、見下ろした綾高は堪らず腕を振り上げていた。

拳を下ろせば、ガツリと嫌な音が鳴る。

打ち据えたのはリインではなかった。二人の間に躊躇《ためら》いもなく飛び込んできたサイードだ。

「命拾いしたな、アヤ」

殴るつもりのない相手を殴ってしまったことに呆然となる綾高に対し、表情一つ変えずにリインは言った。

手元のリモコンで部屋の明かりが点《とも》され、眩い光が三人を照らし出す。

「許可なく私に触れることは大罪だと教えたはずだ。鞭打ち四十回。私に手を上げるなど、石打ちもいいところだ」

「石…打ち？」

「絶命するまで衆人で石をぶつける刑です」

サイードは表情を歪めながらも打たれた顔を押さえようともせず、リインを庇《かば》って椅子の手前にすくりと立つ。

――なんだその野蛮な刑は。

凄惨《せいさん》な罰らしいのは想像がついたが、反論するのをやめる気にはなれなかった。

「……たとえそうなっても俺は後悔しない。リイン、おまえは間違ってる」

「間違い？」

邪魔だとばかりに、手で払うようにサイードを脇へ押しのけ、リインはその青い目でじっと見上げてきた。

「だって、おまえだって人間だろ。人の心ってものはないのか？　やっていいことと悪いことの違いも判らねぇのか？」

「人の心？　アヤ、おまえの言っていることが理解できない。私は王子だ。何故、おまえたちと同列に語る？　日本では人と家畜の扱いは同等なのか？」

「かち……く……」

絶句する綾高と同様に、リインも困惑顔で首を傾げていた。

本当に判らないのだ。

「ここでは日本的な考えは通用しない。この国では、国のものはすべて王のものだ。たとえそれが命であっても……」

「違うな。命と心は同じじゃない」

綾高は怯《ひる》まなかった。

間違っているという思いは変わらない。たとえ国が、思想が違っていても、人としての根本的な尊厳が失われていいはずがない。

「違うとは、どういう意味だ？」

「義務のためにおまえに命を差し出さねばならない者がいたとしても、心までおまえが掌握しているとは限らない。人の心は誰のものでもねぇんだ。心は自由だ。想いを自在に操ることなんてできない、そんなこともおまえは判らないのか⁉」

この程度の言葉が通じる相手ではない。しかし黙ってはおれず、バカ正直にぶつけた言葉にリインは無言になった。

どうしたのかと思った。

青い眸が一瞬揺らいだように見えたが、気のせいだったのかもしれない。

「不愉快だ」

立ち上がったリインは綾高の身を無造作に押しのけ、金色の髪を光らせながら部屋の戸口へと向かった。

「殿下！」

「サイード、片づけておけ」

ついてくるなとばかりにサイードにも言い捨て、そのまま出て行ってしまう。臍《へそ》を曲げてしまったのだろうが、取りようによっては敵前逃亡だ。王子らしくもない。

残された二人はしばし呆気に取られ、それからサイードは流しっ放しの映像を止めると片づけ始めた。

言い渡された作業を黙々とこなす男に、綾高は気まずく声をかける。

「すまない、あんたを殴るつもりじゃなかった」

「ご安心ください。カトラカマルでは石打ちはもう長い間封印されています」

「いや、そういう問題じゃなく……」

そもそもリインだって殴るつもりはなかった。

冷静になれば判る。激昂したのは、痛いところを突かれたのも少しくらいはある。

すでに時間の問題であった彼女との関係——あっさりとべつの男を選ばれてしまったの

も、自分に原因がなかったとは言い切れない。

「アヤタカ、殿下がお嫌いですか？」

背を向けたままのサイードの問いに、綾高は正直に答えた。

「好きか嫌いか語るほど親しくねぇ」

微かに苦笑した息遣いが響く。

「あまりあの方を苦しめるのはおやめください」

「苦しめる？　冗談だろ。苦しめられてんのは俺だ。拉致られて日本から遥々こんなところまで連れて来られて、玩具《がんぐ》扱いされるわ、女と別れさせられるわ……」

「殿下はとても可哀想なお方なのです」

「はっ、あいつが可哀想なら世界中の人間みんな不幸のどん底だなぁ」

壁際の棚にディスクケースを収めて振り返ったサイードは、怪訝《けげん》な表情を浮かべていた。

「アヤタカ、でしたら何故あなたは訊《き》こうとしないのですか？」

「……なにを」

「殿下の容姿についてです。あなたが問わないのが、ずっと気になっていました。興味がないからですか？　そうではないのではありませんか？　中東には欧米人と違わぬ容姿の民族も大勢いますが、この国は島国で混血化も進んでいない。殿下のような容姿は非常に稀です」

青い眸に金の髪。白い肌もひっくるめ、すべてがこの国では異質で目を引く。出会ったその瞬間から、疑問を覚えない人間などいないだろう。

けれど、綾高は尋ねようとはしなかった。

自分自身、あまり触れたくない種類の事柄だったからかもしれないし、それゆえに通じるデリケートな問題を無意識に感じ取っていたのかもしれない。

「訊いたらまずいのかと思ってな……ヘタに藪《やぶ》を突《つつ》いて、鞭打ちだの石打ちだのに遭いたくねぇし？」

冗談めかした答えにも、お堅いサイードはにこりとも笑わない。

しかし、もったいぶることもなく語り始めた。

「殿下の母君はこの国の生まれではないのです。陛下が若かりし頃、欧州への留学中に出会ったお方で、第四王妃にあたられます」

王子の数といい、そうだろうと思っていたが中東らしく一夫多妻か。

「ふうん……四番目ね」

「殿下と同じく、眩しい金髪に碧色の眸のそれは美しい方でした。我が国の妃《きさき》に上下関係はありません。正室も側室もなく、第一であろうと第四であろうと王妃の立場は平等です。しかし……カトラカマル人ではなかったことにより、殿下の母君に限ってはよくお辛い目に遭われていらっしゃいました」

思いを馳せるように細めた男の黒い眼に、哀しみの色が過《よぎ》る。

「なんで過去形なんだ？　その人……もう亡くなってるのか？」

サイードは僅かに息を飲み、一瞬目蓋を伏せた。

「この国は五年前、とても大きな哀しみに見舞われました。日本でもきっと少しくらいニュースになったでしょう。大規模なテロが起こったんです。建国記念の祝賀行事中の出来事で……仕かけられた爆発物が爆発し、多くの人の命が失われました」

突然の予想を上回る話に、綾高は驚いて目を見開かせる。

「それであいつの母親は死んだのか？」

「殿下の母君だけではありません。十一人の王子と、六人の王女も。王女は四人難を逃れましたが、王位継承権を持つ直系の男子で、生き残ったのはリインシャール殿下とアミル殿下だけです。リイン殿下は会場への到着が遅れ、アミル殿下はまだ幼く出席を見合わせていました。国王陛下も、偶然にも席を離れた一瞬のタイミングだったので命を救われました。しかし……陛下は病に伏されています。もうこれ以上の御子は誕生しないでしょう」

つまり十三人もいた息子がたったの二人に——

綾高は理解した。

第十二王子。以前中庭でその話をしたときに、サイードが見せた複雑な反応も、自分が感じた違和感の正体も。

本来、十二番目の王子が王位を継ぐはずがない。

「テロについては、生き残った殿下の手引きを疑う向きもありました。殿下はまだ十二歳だったため、くだらない噂程度ですみましたが……第十二王子でありながら王位継承権を得たのですから、快く思わない者は大勢います。なにぶんあのお姿です。それだけで敵視する者だっているのです。異邦者であると」

青い眸に金髪のアラブの王子。

どれほどに浮いて見えるかはいうまでもない。

「て、敵ばっかり……ってこともないだろ。あんたは？　あんたはあいつに心酔してるみたいじゃないか」

「私の母もアラブ人ではありませんでした。あなたには違いは判らないでしょうか？　でもこの国の者には、私が混血であることは判ります。生まれたのは保守的な村でしたから、結構な迫害を受けて育ちましてね」

王子とは似た者同士ということらしい。

サイードは無表情のまま額の髪を掻き上げてみせた。生え際にクレーターのような痕《あと》が大きくついている。

「石をぶつけられた痕です。私の体の傷はこうして目に見えて癒えたと判りますが、心の傷は見えません。誰の目にも、自分の目にすらも映らない。癒えたかどうかすら判らないのです」

「奴隷の分際で腹の立つ男だ」

特に行く先もなく部屋を出たリインシャールは中庭にいた。宮殿内に中庭はいくつもあるが、鏡面のような池が広がるこの中央の中庭は、もっとも気に入っている場所だ。

池といっても大きさは競泳用のプールほどもあり、長方形の滑らかな水面には美しい造詣の宮殿内部と空の青が映し出されている。

石造りの池の縁にリインが腰を下ろすと、小鳥がさえずりながら横切っていった。

カトラカマルでは犬はハウハウ、猫はミャウミャウ、鶏はコツコツと鳴く。鳥の声に特に決まった擬音はないが、今リインの頭上を過った鳥はチュリチュリと鳴いているように聞こえた。

「コマドリか、越冬してきてるのだな。砂漠で迷子にでもなったか」

誰にともなく言い、リインは小さく苦笑する。

「高く飛べればなにも迷子になることなどないだろうに」

空の高みからは、月の丘の頂きよりも広く街も砂漠も見渡せる。

リインは鳥のように空を飛んだ経験はないが、羽ばたきを羨むことはない。どのみちいずれは天をも手中にするのがこの国の王だ。

しかし鳥の行方を追って空を仰いだリインの脳裏に過ったのは、かつて唯一手に入らなかったものの記憶だった。

『母上、どうして私は父上のお傍で食事をとることができないのですか？』

ただ一度、リインは母にそう尋ねたことがある。

リインは幼き頃、父と会話をした記憶がほとんどない。思い出の父の姿は、長い長い、踊り子の舞台になるほどに長いテーブルの先で、兄たちと談笑しながら食事をしている小さな姿だ。

リインの席はいつも端だった。

『リイン、それはあなたが特別な王子だからよ。特別な子だから、お父様は特別なときにだけお近づきになるの』

足の届かない椅子に座り、スープのボウルをじっと見つめて尋ねたリインに母は穏やかにそう応えた。

慰めでしかない言葉。『特別』の本当の意味が『否定』であることぐらい、幼いリインにも判っていた。

自分は兄たちと違う。

自分と母は、宮殿内の誰とも違う。

リインがその頃住んでいたのは、砂漠の宮殿ではなく、スフラシュカルにある王宮だった。広大な敷地と神殿を含めたいくつもの建物を持つ王宮には、父と妃である四人の妻、それから王子王女である二十三人の子供たちが住んでいた。

子供も二十人を超えるとなると、兄弟というより学校のクラスメイトだ。気が合わずに口もきかない者もいれば、目を合わすことさえ避けるほどにいがみ合う者だっている。母親が異なる者が同じ敷地に暮らしているのだから尚更だ。

リインの場合、生まれつきの容姿がそれを助長した。集団を作るにあたって異分子を排除したがるのは人の本能的なものであり、子供は理性でそれを抑えられない。

リインは兄弟の中で年下で、成長も遅くアラブ人にしては小柄であったため、真正面からそれを受けることになった。

無視、陰口、嫌がらせ。特に年の近い六人の兄からは、物心ついたときから言葉の暴力や陰湿な嫌がらせを受けていた。

その一つが性的な苛《いじ》めだ。

カトラカマルには、島国ゆえの独特な風習がいくつかある。王族だけに伝わっているのが、幼い時分からの性行為の学習だ。アジアで言うところの房中術に近い部分もある。

君主制で直系の男子が世継ぎとして絶対なこの国では、子を成すことへ繋がる行為は重要だ。十歳を過ぎた頃から学び始め、学術的な勉強に始まり、成人前には実施で学ぶ。つまり実際に性交を行って覚えるのだ。

けれど、リインの経験はそれよりも早く、初めて女性と性交をしたのは十二歳のときだ。母親も幼い時分からの側近であるサイードも、恐らくそのことは知らない。

兄たちに強いられた行為だった。

元々、兄たちが自分を蔑《さげす》む理由は身体的な特徴だ。髪の色、目の色、肌の色。嫌悪感と好奇心は紙一重なのか、兄たちは気味の悪い……だが興味を引かれて止《や》まないらしいリインの身を晒し者にし、嘲笑《ちょうしょう》することに殊更喜びを覚えているようだった。

ある夜の宴の後、リインは連れ込まれた部屋で性交を強要された。

女は年上で、どの兄かのハーレムの奴隷の一人だった。詳しくは覚えていない。彼らにとっても自分を嬲《なぶ》るのが目的で、そんなことはどうでもよかっただろう。

『リイン、白人は優秀だそうじゃないか。おまえがどんなに物覚えがいいか、習ったことを披露してみせろよ』

リインは自分を白人だと思ったことはなかった。この国に生まれ、この国で育った。アラブのカトラカマル人であるという自覚以外はないのに、兄たちはいつも陰ではリインを欧米人という意味合いで『白人』と呼んだ。

性行為の仕方は学んでいたが、リインはまだ十二歳の子供だった。十歳に満たないと勘違いされるほど体は小さく、精通はようやく迎えたばかりで、普通であればまだ肉体的にも精神的にも女性を抱けるはずがなかった。

知識では学んでいたところで、上手くいくはずもない。愛撫《あいぶ》どころか、性器を勃起させることも困難なリインを、兄たちは笑い者にした。

ぬめぬめとした暗がりが怖かった。挿れろと急かされ、ギロチンに首でも突っ込むかのような恐怖を覚えた。

ずっと笑い声が耳に響いていた。泣き出しそうな思いで、頼りない白い小さな腰を振るリインを、周囲の椅子で寛《くつろ》ぐ兄たちは下卑た笑いを溢《こぼ》しながら眺めていた。

しかし、その兄たちも全員もういない。

天罰でも下ったか、五年前のテロ事件でみんな命を奪われた。

リインが生き残ったのは、神の采配ではない。兄たちの仕業だ。建国五十周年を祝う記念行事。その数年前から計画されていた華々しい祝賀イベントに、リインは向かう車の故障で遅刻を余儀なくされた。

整備の行き届いているはずの車に施された仕かけは、誰が原因か以前もやられていたからすぐに判った。

嫌がらせによって命を救われたのだ。

兄たちは死に、王位継承を約束された自分に愚かな態度を取る者は失せ、手のひらでも返したかのようにみな平伏すようになった。

しかし、髪も眸も肌も、なに一つ変わったわけではない。

あの頃のままだ。

『義務のためにおまえに命を差し出さねばならない者がいたとしても、心までおまえが掌握しているとは限らない』

聞いたばかりの綾高の言葉は、痛烈な皮肉となってリインの胸に響いた。

「……あの男、奴隷のくせして面白いことを言ってくれる。しかし、たとえそうだとしても私が王になることに変わりはない」

波も立たない池の水面に、リインは手を滑らせる。

白い指で波紋を描いた。

ゆるゆると吹き抜ける微かな風が、金色の髪を揺らす。

青い眸を巡らせると、チュリチュリと中庭を飛び回っていたはずのコマドリは、いつの間にかその姿が見えなくなっていた。

向かう先を見つけたのか——

「リイン殿下」

背後から石畳を歩み寄ってくる足音が聞こえ、響いたサイードの声に、リインは振り返らないまま背中で応える。

「片づけは終わったか?」

「はい。これからどういたしますか？　今日は公務は入っておりませんし、ほかのご予定も伺ってはいませんが」

まだ昼を過ぎたばかりだ。宮殿内に引き籠もってのんびりと過ごすのも悪くないが、気分転換にどこかに出かけてしまいたい気もする。

「そうだな……」

「ショッピングなどはいかがでしょう？」

口を挟むように提案したサイードに驚き、リインは背後を振り返り見る。

「……どうした？　珍しいな、おまえから買い物を勧めるなんて」

「新しくできたショッピングモールのことを気にかけていらっしゃったではありませんか。これから春にかけて忙しくなる一方ですし、新空港の開港が近づけば警備上の問題も出てきます。私的な外出は今のうちになさっておいたほうがいいかと思われます」

スケジュール管理も身辺警護の纏め役もこなす有能な側近であるサイードは、淡々と淀みなく理由を説明したが、リインは怪訝な表情を崩さなかった。裏がある気がしてならない。

隠すつもりもなかったのだろう。サイードは何食わぬ顔でさらりとつけ加えた。

「それから殿下、ショッピングのついでにハリージュのホスピタルに寄られてはいかがですか？」

「……なるほど、それがおまえの狙いか」

「そろそろ陛下を見舞われてはと思います。年が明けてからずっとお加減は芳しくないと伺っておりますし」

「ふうん、それはますます忙しくなりそうだな。開港の式典と私の即位式が被ったりしなければいいが。陛下にはもうしばらくは長生きしていただかないと」

自分の父親の話とは思えない言い草をする。

滅多なことでは表情を崩さないサイードが、一瞬だが咎《とが》めるように眉を顰めたのを感じ取り、リインはすくりと立ち上がった。

「陛下も私も互いに用などない」

長いソーブの裾を翻しながら池を離れ、柱廊へと向かう。

「殿下！」

「おまえの勧めどおり出かけよう。ただし、ショッピングだけだ」

リインはもうそちらを見ようとせず、支度をするための部屋を目指した。

途中、ある男と目が合う。柱廊のアーチ柱の傍で、こちらの様子を窺うようにじっと見つめて立っていたのは綾高だ。

「……リイン、どこかへ行くのか？」

随分しおらしい態度で声をかけてくる。つい今しがた、石打ち覚悟で自分に突っかかってきた勢いはどうしたと思うほどに、穏やかな眼差しだ。

いや、穏やかというよりも——

サイードがなにか話したのだろう。憐憫《れんびん》の匂いを感じ取り、リインは鈍い苛立《いらだ》ちを覚えながら言い捨てた。

「おまえはついて来なくていい」


一月《ひとつき》近く経っても綾高はカトラカマルにいた。

三月になり気温は上昇。春が来たというより、夏が深まったとでもいうような気温だ。雨は降らない。雲を見ることはあっても一滴たりとも降らない雨に、不思議とさえ思わないのはもうすっかりこの環境に慣れてしまった証拠だ。

午前中、綾高はほぼ日課となっているラクダの世話を手伝い、散歩がてら周辺の砂漠を歩いた。もちろんラクダに跨ってだ。

「あんた本当に飲み込みが早いじゃないか。それにラクダもよく懐いてる」

同じくラクダに乗って先を行く若い使用人のサラマが、歩みに揺れながら感心したように言う。

「はは、そうか？　ベドウィンの才能でもあったのかもな」

広い背中も盛り上がったコブも、最初はひどく違和感があったが、両足をバンザイでもするかのように広げ気味に跨いで揺られるのにももう慣れたものだ。

馬よりも大きな動きで視界は上下する。

「けど、懐くって？　懐かないヤツもいるのか？」

「ラクダも気難しいのとそうでもないのといるからなぁ。あんたが今乗ってるヤツなんて、結構な臆病もんだ」

「へぇ、じゃあ俺もだいぶ覚えられたのかもな」

ラクダの長い首筋を撫でてやりながら、綾高は辿り着いた宮殿の通用門を潜《くぐ》った。馬小屋ならぬラクダ小屋へは、外周をぐるりと回っていくことになる。

綾高の生活の中心となっている、中央の棟の傍を通りかかると、格子窓から音楽が聞こえた。

ウードだ。琵琶《びわ》のようなアラブ独特の弦楽器の音は、聞いただけでもう判る。柔らかな調べが特長だ。けれど今は、歌い手の声や、ステップでも踏んでいるのかリズムを取る女性の声まで聞こえてきてなにやら騒がしい。

「なんか朝っぱらから賑やかだな。どうしたんだ？」

窓に目を向ける綾高にサラマは応えた。

「ああ、もうすぐ殿下の誕生日だから、みんな準備に忙しいんだよ」

「誕生日？」

「そう。毎年殿下の誕生日は、みんなで特別な料理やら出し物を用意してお祝いするんだ。殿下には内緒でね。まぁ内緒ったって、毎年のことだから気づかれてるとは思うんだけど……」

「誕生日パーティか」

今日はリインは昼までの外出予定だと聞いている。帰ってくるまでに、こっそり予行練習しておきたいといったところか。

「今年は俺はアミル殿下と一緒に寸劇をやることになってんだ。そうだ！　あんたも参加するかい？　どこにも入ってないんだろう？」

「え……お、俺が？」

サラマはラクダを止めてまで振り返る。喜色満面でキラキラと黒い目を輝かせた男に、同じくラクダの上の綾高は、バランスを崩さんばかりに身を仰《の》け反《ぞ》らせて戸惑った。

放課後の部活動じゃないのだ。にわか演劇部も、楽器演奏も、女どもに混ざってバースデーケーキ作りも絶対ゴメンだ。

なんといっても、相手はリインだ。

「いや、俺はやめておくよ。悪いが、あんたらと違って王子を祝う義理がない」

「なんで？　アヤタカ、あんた好きでここへ来たわけじゃないからか？」

「そうだ。俺からしたらあいつは……ただの我儘《わがまま》王子だ。正直、尊敬するに値しない」

嘘でおべんちゃらを言うのは苦手だった。

つい本音を明かすと、案の定サラマは不快な表情を見せる。

「アヤタカ、殿下はあんたが思ってるような人じゃないよ。そりゃあんたの国の物差しで考えたら納得いかないかもしれないけど……殿下はとても情け深い人なんだ。ほら、あんただってここで酷い目に遭っていないだろ？」

「俺が酷い目に遭ってないって？　サラマ、おまえなぁ……」

呆れて反論しようとして言葉に詰まる。

拉致られて金で買われて彼女とは別れさせられ、仕事といえば性欲処理係。相変わらず夜は王子の気分次第でベッドのお伴をさせられている。これでどうやったらまともな待遇を受けていると思えるのか……そう言ってやりたかったが、サラマが言いたいのは違うと気づいてしまった。

衣食住においては不自由はない。ラクダに乗ろうが昼寝をしようが咎められることもない。そういう意味でなら、確かに人道的な扱いは受けている。

無言になった綾高にサラマは説得でもするように言った。

「俺がこうしてあんたと会話できるのだって、殿下のおかげさ。ここのみんなは英語が話せるだろ？　元から誰でも話せたわけじゃない。殿下が学ぶ時間を作ってくれたからだよ。アミル殿下みたいに、俺らにも先生をつけてくれてさ。国際化に遅れてはならないって」

「そういや、国を上げて観光地化を進めてるんだったな……」

　この宮殿の使用人たちのリインに対する慕いっぷりは驚くものがある。最初は年下の子供を可愛がるようなものかと思っていたが、そうではなく深い敬愛の念を抱いているのだ。

「殿下は誰よりこの国のことを思ってるんだ」

「……どうかな、それは」

　首都のスフラシュカルとやらに連れて行かれたときの様子を見る限り、単に負けず嫌いの見栄っぱりに思えた。

　小屋の傍まで辿り着くと、ラクダを座らせ、二人は下馬ならぬ下ラクダをする。放牧場の柵の中へと放す間、ほとんど会話はなかった。

　諸手《もろて》を上げてサラマの意見に賛成する気になれない綾高は、雑談に戻る気にもなれず、作業が終わると放牧場を離れる。

　誕生日パーティの準備に沸き立っている宮殿内にも入る気がしなかった。今顔を合わせれば、サラマだけでなく、ほかの使用人たちも催しの仲間に入れようとしてくる可能性が高い。

　リインを見る目がまるで変わってないわけではない。サイードから聞かされた生い立ちとテロ事件の話も忘れたわけではなかった。

　散々痛い目に遭わされながら、つい絆《ほだ》されそうになるのは綾高の悪い癖だ。

「お祝いねぇ……宴会芸でもやれってか？」

ぼやきながら行く宛てもなく外壁沿いにぶらつく綾高は、門の一つから表へと出た。

東西南北、どの出入り口から出ても目に飛び込んでくるのは不毛な大地。乾いた土地に乾いた風が吹く。

「……ん？」

聳えるものも動くものもない地平線に目を凝らそうとして、ふと足元をちょろりと過ったものに気がついた。

ずんぐりとした体つきに似合わず、素早い動きで走っているのは月の丘で見た、スナスジトカゲとかいうトカゲだ。チョロチョロとやけに忙《せわ》しない動きだが、よもや不思議の国のアリスのウサギのように、どこかへ急いでいるというわけでもあるまい。

「おまえ、まさかあんときのトカゲか？」

あっさりと追い抜き、先回りした綾高が戯れに声をかけると、トカゲはそれ以上動こうとせずにぴたりと止まった。

背中の黄金色の模様といい、同じ種類には違いないが月の丘からは離れ過ぎている。

「なわけないか……なんだ、おまえ人を怖がらないのか？　案外、愛嬌あるじゃないか」

こっちは宮殿周辺在住で、人を見慣れているのだろうか。

不思議なトカゲだった。綾高がしゃがんで手を伸ばしても逃げるでもない。ただじっとつぶらな瞳で確認するように見上げ、お眼鏡にでも適《かな》ったのかその短い小さな足を一歩前に出してきさえした。ちょんっと突っつくと、ヘビと同じく爬虫類独特のさらりともざらりともつかない感触がして、ひゃっとなったのは綾高のほうだ。

しかし、尻餅をついて悲鳴を上げることはなかった。

小さくとも足がついていれば平気なのだ。

「……そうだ」

一向に逃げる様子のないトカゲを見る綾高は、ふと思いついて再び声をかけた。

「なぁおまえ、トカゲってなに食うんだ？」


翌週、縦にも横にも、天井に向けても広いホテルの豪奢なパーティホールで、綾高はやや途方に暮れていた。

「クッル　サナ　インタ　タイイブ！」

周囲から耳に入ってくるアラビア語はチンプンカンプンで、かろうじて理解できるのはそれぐらいだ。

『お誕生日おめでとうございます！』

恐らくこうだろう。

それ以外にあるはずもない。リインシャールの誕生日の祝いの席だ。

使用人たちが準備していたパーティではなく、スフラシュカルのホテルで開かれた絢爛《けんらん》な夜の宴に、どういうわけか綾高も同席させられていた。

右も左もアラブ人。しかも宗教上の理由か男ばかりというむさ苦しい環境の中で、集まった客のほぼすべてがアラビア語のみで会話をしているとあっては、居心地がいいはずもない。

客は数百人はいる。リインのテーブルへ代わる代わるに挨拶にやってきては、満面の笑みを浮かべて馬鹿の一つ覚えみたいに言った。

「クッル　サナ　インタ　タイイブ！」

『お誕生日おめでとう』はもう判ったが、聞いて楽しいものでもない。傍に張りついている必要もなさそうな綾高は次第に会場をうろつき始めた。完全にただの夕食の場扱いの綾高は、立食で準備された料理から目につくものを取って回り、ふと座ったままのリインが食事をしていないのを察した。

目の前のテーブルにも料理は大皿に山と盛られているのに、挨拶の人間が去ってもまるで手を伸ばす気配はない。背後にいるサイードも勧める様子はなく、ただ影のようにじっと添い立っている。

べつに主役は結婚式みたいに食事ができないってわけでもないだろう。

「おいリイン、食わないのか？」

皿を手に傍に戻った綾高は声をかけてみた。

「いらない」

「これ美味《うま》いぞ、なんか見た目は大雑把《おおざっぱ》そうな料理なんだけどな」

ナスやズッキーニ、パプリカやカボチャなどの様々な野菜がくり抜かれ、詰め物がされた煮込み料理だ。詰め物にはラム肉が使われているようだが、苦手な癖は感じられない。結構、口に合う。

「マハシーは母も好きだった料理だ。時々自らの手で作ってくれた。私はグレープの葉で巻いたものが特に好きだ」

「なんだ、好きなら食えばいいだろう」

訳が判らない。近くに椅子はなかったので、リインの席の傍らに立ったまま、綾高は小気味いい食べっぷりでフォークを口に運ぶ。

「こんなに美味いのに。食が細すぎるんじゃねぇか、リイン。だからおまえはあんなに痩せてるんだ」

軽々とした体重のリインの体つきは、骨の出っ張り具合までよく知っている。

そんなつもりはなかったが、ベッドでの行いを匂わせた綾高に、リインは一瞬咎める眼差しを向けた。

それから表情を緩めたかと思うと、打って変って意味ありげに微笑み言った。

「食わせろ」

「……え？」

「おまえが口まで運ぶなら食べてやる」

どういう趣旨の嫌がらせだ。まったく意図がつかめない。

「食いたいなら取って来てやるよ。まだたくさんあったから」

「おまえがさっきからガツガツと醜く食べているそれがいい」

小さく尖った顎をしゃくって皿を示され、綾高はどういうわけかどきっとなる。

わざわざ食いかけを食べたいなんて普通じゃない。かといって頑《かたく》なに断るほどのものでもない。

「えっと……べつに俺はいいけど」

仰せのままに、餌づけでもするかのごとく料理をフォークで口に運んだ。椅子に座ったリインは僅かに伸び上がるようにして唇を開かせ、それを受け止める。

薄い小さな舌がフォークの背を撫でる。舐《な》めとる動きが妙に艶めかしい。『飯を食うだけで、なんでこいつこんなにいやらしいんだ』とか、『いくら美味いからって、ちょっと恍惚《こうこつ》としすぎじゃねぇか』とか、次第にそわそわした気分に陥るうちに綾高は気がついた。

いつの間にか周囲がこちらに注目していた。

歓談の声も、食事の手の動きも止め、ゲストは王子とオマケの連れの日本人に目を奪われている。

「あの……俺、なんかものすごく注目されてんですけど」

「だろうな。アヤ、おまえを連れてきた甲斐《かい》がある」

「はぁ?」

リインは悪戯を成功させでもしたみたいに笑んだ。

「言っただろう? 女は苦手だと。『王子は今は男遊びに夢中』とでも思わせておいたほうがいい。ハーレムだの縁談話だの、女の世話をしたがる者が年々多くなってかなわない」

「……そっ、そんなことのために俺を」

「誕生日なんて連中にとっては格好のきっかけだからな。『殿下、誕生日おめでとうございます。やぁやぁもう十八歳になられますか、そろそろご結婚も考えられる頃ですな。どうですか、今度私の娘を紹介……』ってな具合だ」

散々言われ尽くした後なのだろう。暗記し尽くした台詞《せりふ》のようにリインは言った。

よもやそんな理由で利用されるとはだ。

たしかに成功はしている。しかし、人が引いて近づくのを躊躇っていたのは僅かな時間で、少しすると遠くにいたゲストが知らずにまたニヤけ顔でやってくる。

「クッル　サナ　インタ　タイイブ!」

その先のお喋りはチンプンカンプンであったはずなのに、なにを言っているのか綾高にも手に取るように判ってしまった。リインはみるみるうちに仏頂面となり、綾高はもう巻き込まれまいと逃げるようにその場を離れる。

遠く離れても、べつに誰も追ってこない。今夜はサイード以外にも数人のボディガードがついているが、みんな奴隷を構っている余裕などないのだ。

このまま逃げようと思えば逃げ出せる。

会場の入り口傍を歩きながら、そう気づいた。しかし、ホテルから先の日本までの逃亡手段がない。

ノンアルコールのシャンパングラスを傾けながら、開かれたままの戸口をぼんやりと見つめていると声をかけられた。

「アヤタカ」

背後からそっと人目を忍ぶかのように名を呼んだのは、久しぶりに見る顔だ。

「ラティーフさん……」

「君も来ているとはね、驚いたよ。でもちょうどよかった、君に話したいと思っていたことがあるんだ」

「俺に？」

促されて会場の外へと出る。賑やかな会場とは打って変わって静かなホールを人目につかない場所まで先導し、ラティーフは少しばかりもったいつけたように話し始めた。

「実はね、君を日本に返す方法を思いついたんだ」

「えっ……」

期待はしていなかっただけに素直に驚く。

「ま、マジ……いや、本当ですか⁉」

「来月の空港の開港式典だよ。国を挙げての行事だし、リインの目を逸らすにはちょうどいいと思ってね」

「その日を狙って抜け出すってことですか？　宮殿からこの街まで出てくるのは可能だと思うけど……」

ラティーフは大きく横に手を振った。

「ノーノー、そうじゃない。宮殿から抜け出すのはダメだ。君は気づいてないんだろうが、あの宮殿はああみえて警備がしっかりしてる。どうしてあんな砂漠の中にぽつんとあると思う？　人の出入りを監視しやすくするためだよ。衛星を使って全部見てる」

「え、そんなハイテク設備があの宮殿に？」

「そうだよ。リインがスフラシュカルに出入りするときも、周辺で不審な動きがないかチェックしてる」

知らなかった。のんびりした砂漠のオアシス宮殿ぐらいに思っていたが、言われてみれば綾高は広い宮殿のすべてに出入り可能なわけではない。

「だからね、君は今夜みたいに自然な形で出かけることが大事なんだ。その上で、君に注意を払うどころではない問題が起きれば……」

「どさくさに紛れて逃げ果せられる？」

「そう！　それにうってつけなのが、空港の開港式典ってわけさ。上手く逃げた君は、ハリージュの港から私の手配したオマーン行きの貨物船に乗り込む。オマーンからは飛行機でドバイ、ドバイから日本。君は騒ぎから二十四時間後には自宅のドアを開けているだろう」

男は右から左、左から右へと手を動かし、ジェスチャーも大きく興奮気味に語る。自分の逃亡話のはずなのに綾高のほうが冷静に見えるくらいだ。

「けど、そんな大事な行事なら、普段より警備は強化されてるんじゃないのか？」

「まぁね、でも内側からの工作……身内の手引きには弱い。君自身が警備の隙を作ればいい」

「俺が？　どうやって？　ラティーフさん、リインはいくらなんでもそんな大事な行事に俺を連れて行くほど馬鹿じゃないと思う。俺が今夜連れて来られたのは……」

「さっき見ていたが、君とリインはもう随分親密みたいじゃないか。上手くリインに取り入ったようだね」

「いや、取り入ったっていうか……」

「大丈夫、私がその辺はなんとかする。近いうちに、リインは自ら君を式典に連れていくと言い出すだろう」

妙に自信満々だ。今夜は縁談避けに連れて来られたとも、取り入るどころか殴りかかって溝を深めてしまったことも判っていないようだが、せっかくの提案に水を差すのもなんなので黙っておくことにする。

ラティーフと別れた綾高は、会場内に戻りながらしきりに首を捻った。

――なんとかって、リインに催眠術でもかける気か？

テーブルでは再びリインは一人に戻っていて、躾《しつけ》の悪い犬がふらふらとうろついて帰ってきたみたいな顔をする。

「アヤ、どこに行っていた？」

「いや、ちょっとトイレに……もうそろそろお開きか？　飯も美味かったし、いいパーティだったなぁ！」

ははっ、と白々しく笑えば、リインはにこりともせずに応えた。

「そうか、よかったな。誕生日は明日もある」

「は？」

「私の誕生日はまだ始まったばかり。明日も明後日も夜はパーティだ。おまえも同席しろ」

「はぁぁっ!?」

誕生日って『始まる』ものだっけか。

異文化ゆえかリインのバースデーだからか、綾高は口をポカンと半開きにしてしまいそうだった。

東の街、西の街、連れて行かれるままに誕生日パーティに付き合い、呆れたことにそれは一週間以上もの間続いた。

どうやらスフラシュカルの王宮で行われた、外国人客も多数招いての盛大なパーティが誕生日当日だったらしいのだが、リインは仏頂面のまま。食事にはほとんど手をつけず、行き帰りの車の中では不機嫌を盛大に露わにし、キリキリとした態度を綾高やらサイードの前では崩さなかった。

なにがそんなにご不満なのか。

連日連夜で飽きたとでも王子様は言うつもりか。

宴の最後を締めるのは、使用人たちの準備したささやかなパーティだ。驚かせようと皆がかねてから計画していたのを知っているだけに、綾高は夕食の時間になっても姿を現わさないリインにやきもきさせられる。

——なんで俺が。

そう思いつつも、気になって宮殿内を探した。

リインは東の棟のロビーにいた。蔵書の豊富な図書室やアミルの勉強部屋があり、リインが宮殿にいれば昼間よく過ごしている棟だ。

「なにやってるんだよ、リイン。夕飯の時間はとっくに過ぎてるぞ」

渋い顔をしてソファに座っている。使用人たちがおいそれと話しかけられる雰囲気ではないだけに、妙な使命感に駆られて綾高は声をかけた。

案の定、軽く睨《にら》まれる。傍に立つサイードが代わって応えた。

「アヤタカ、問題が起きたのです。殿下と相談中ですので、皆に食事は少し遅れると……」

「スハイムがしばらく入院することになりそうだ」

リインはソファに座ったまま苛立たしげに足を組み直し、サイードの言葉を遮って言った。

「……スハイム？　ああ、ボディガードの」

日本にも来ていたボディガードの内の一人だ。縦にも横にも大きなよく食べる巨漢男で存在感がある。

「昨日から休暇を取ってスフラシュカルの実家に帰っていたんだが、ひどい食あたりを起こして今病院だそうだ。母親から電話があった」

ソファの肘《ひじ》かけに頬杖をつき、溜め息を交えると憂鬱そうにリインは言う。

「明日からの公務につくボディガードの数が足りない」

「足りないって……急いで誰か雇えばいいだろう？　得意の金でいくらでも……」

「身辺警護は宮殿内の者にしか任せておりません。皆、殿下がお生まれになった頃からお傍にいる者ばかりです」

「え、そんなに少数精鋭なのか？」

「極身近な警護はそうです。公務には常に六人ついております。私も含め、休暇が取れる程度の人数はいますが……重要な行事が多く控えている時期ですので、一人欠けるだけでもそのローテーションが狂ってきます。彼らの休みが取れないのは問題ですね、警護は集中力が要《かなめ》ですから」

「へぇ……」

とにかく、誰でもいいというわけではないらしい。パーティでは拒食ぶりまで披露する、我儘とは紙一重の気難しさもある王子である。

是非はともかく納得しかけたところ、リインが唐突に言った。

「そうだ、おまえが加われ」

「は？」

綾高は間抜けに首を捻った。

「おまえがやれ、アヤ」

「はぁっ⁉」

思わず声が裏返った。

「待て待て、たった今誰でもよくないって話をしてたんじゃないのかっ？」

「おまえは一応宮殿の者だ。暇そうにしてるし、無駄にデカいし、とりあえず武術もできる。役に立ちそうだ」

「暇って、俺にだって仕事が……」

ラクダの世話の手伝いは仕事ではない。仕事って王子の性欲処理係か、口にしたくもない。

「サイード、おまえもそれでいいな？」

「殿下のご命令であれば、彼に手順を教えます」

「いや、よくねぇって、あんたらの警護って銃とか持つんだろう？　使い方も知らないのにどうやって？　相手が撃ってきたらどうすんだよ？」

ビデオ店で、頭巾が脱げたぐらいでいきなり銃を突きつけられたのは忘れちゃいない。正しい戸惑いを見せる綾高を、王子はばっさり切り捨ててくれた。

「おまえが代わりに撃たれろ」

「あ、アホか！　なんで俺があんたの代わりに撃ち殺されなきゃならねぇんだ！」

「女々しい奴だ。サイード、私が撃たれそうになったらこいつを突き出せ」

女々しいとか雄々しいとか、オスメスの問題ではない。

「はい。そのようにいたします、殿下」

だから、『そのように』じゃねぇ！

あっさり承知するなと思ったが、日頃の融通の利かない堅物ぶりからして、サイードの返答は冗談ではないのだろう。

笑えない。まったくもってくすりとも笑えない展開だ。

「さて、当面のピンチヒッターも決まったことだし、食事にでも向かうとしよう」

「いや、だから待てって。勝手に決めるな、少しは人の意見も尊重しろ！　俺はボディガードなんてやったことも……」

おもむろに立ち上がったリインは、すたすたとロビーを出て行こうとする。思い留まらせようと必死で追う綾高は、ふとあることに気がつき言葉を途切れさせた。

サイードが怪訝そうに問う。

「アヤタカ、どうかしましたか？」

「あ……いや、警護ってあちこちについていくことになるんだよな？　えっと……イベントごととかも？」

「そうですね。警護の中心は、式典などで国民の前にお出になられるときです」

やっぱり、と思った。

一週間ほど前に聞いたラティーフの言葉が思い起こされる。

『近いうちに、リインは自ら君を式典に連れていくと言い出すだろう』

あれはもしかして、このことを意味していたのか。催眠術でもただの予言でもないなら、ラティーフがお膳立てでボディガード一人を休みに追い込み、自分の入り込む余地を作ったに違いない。

「アヤタカ？　どうかしたんですか？」

「……いや、なんでもねぇ」

「心配しないでください。私が警護については詳しくあなたに指導いたします」

「ああ……」

判った素振りで、綾高は止めてしまった足を再び動かす。

先を行くリインが苛立たしげに振り返った。

「アヤ、なにをもたもたしてる！　早く行くぞ」


一先《ひとま》ずボディガードの件は流れに身を任せるとして、一難去ってまた一難だ。

リインが自ら食事の席に積極的だなんて珍しい。口ぶりは、これからなにが待っているのか判っているようでもある。

「食事に遅れた。みんなが待っているのだろう？」

一週間以上もの間、パーティ三昧の日々だったのだ。多少趣向を凝らしたところで、使用人の用意した貧相……もとい、アットホームな宴などリインにとって目新しさはないだろう。

ツンツンした横顔が目に浮かぶ。お偉方相手にでさえ愛想笑いをほとんどしないリインが、ラクダの世話係の寸劇に笑ったりするわけがない。弟王子の出番ぐらいは、ちゃんと作り笑いでも喜んでやるならまだいいが――

いらぬ心配にこっちの胃が痛くなってくる。

綾高は自身が断頭台にでも連れて行かれるような気分でついて歩いた。

その晩の食事は、普段のダイニングルームではなくサロンだった。中央の棟で一番大きなサロンだ。案の定、例のハッピーバースデーの文句を言われてもリインは特に驚いた顔もせず、綾高の胃を縮めた。

けれど、杞憂が現実になったと感じたのは間違いだった。

リインは昨日までとは違っていた。日頃の感謝でも示すかのように祝福し、陽気な音楽を奏でて場を盛り上げようとする大勢の使用人たちを前に、リインは最初から寛いだ様子を見せた。

驚いたことに差し出された皿の料理にも手をつける。

クッションが山と置かれた紫色の長いソファに心地よさげに座るリインの様子を、少し外れた席から窺う綾高は目を疑った。

「……食ってる」

普通に食べている。宮殿ではいつもそれなりに食べているのだから当たり前かもしれないが、それにしても連日のパーティ会場とはあまりにも態度が違う。

次から次へ。代わる代わるに出される取り皿を嫌がる様子もなく受け取り、平らげていく。

しばらく経つと、さらに驚かされた。

ホームパーティの余興レベルの歌や音楽、言葉が通じずとも学芸会以下だと判る寸劇にも、リインは楽しげな笑みを浮かべていた。

ときには手を叩き、声を上げて笑う。

──なんだ、嬉しそうにできるんじゃねぇか。

「……笑ってる」

「ありがとう、みんな。今夜は楽しかった」

最後にリインが集まった使用人たちに向けて放った一言には、敗北感すら覚えた。

綾高は認めざるを得なくなった。

この宮殿の使用人たちがリインを慕う理由も、リインが傍に置く使用人たちを身内とみなし、愛情を持って接しているらしいことも。

「リイン、腹が膨れたか？」

宴の後、使用人たちは解散してそれぞれの持ち場や暮らす棟へと戻り、リインは一人で中庭の池にいた。

もう随分遅い時間だ。宮殿内とはいえ、砂漠の夜は肌寒い。

星が散らばる空の下、余韻にでも浸るかのように池の縁に座るリインに綾高が声をかけると、短い反応が返ってきた。

「ああ、ちょっと食べ過ぎた」

この庭はどうやらお気に入りの場所らしい。静かな池の縁にリインは時折一人で佇《たたず》み、そんなときはサイードも傍を離れて遠くから見守っている。

「またしばらく食わないつもりじゃないだろうな、リイン？」

「まさか。ここの食事は美味い」

ふっと微かに笑ったリインが指で触れると、水面が揺れ、映し込まれた夜空から降り注いだような星たちも一緒になって揺らいだ。

とても静かだ。さっきまでのサロンでの賑やかさが嘘のようで、そのくせ耳の奥にどこか残っているようでもある。

体の奥に残った音楽や人の声を感じながら、綾高は口にした。

「そういえば俺はまだ一度も言っていなかったな」

「なにを？」

「クッル　サナ　インタ　タイイブ」

水面の星を見つめていたリインが顔を上げる。

「ハッピーバースデー、だろ？」

照れ隠しのようにぶっきらぼうに続けると、リインは苦笑して返した。

「おまえが言うと胡散臭い。なにを企《たくら》んでいる？」

「酷いな、企むなんて。サラマたちの祝いは素直に受けたくせに」

「おまえは私を祝う気なんてさらさらないだろう？」

人の気持ちを尊重しない王子だが、結構判っている。一緒になって苦笑いし、それから綾高はすぐ手前に立つと言った。

「リイン、目を瞑れ」

「なんでだ」

「俺からも誕生日プレゼントがある。おまえにやるには、ちょっと惜しい気もし始めてたんだけどな」

「プレゼント……おまえが、私に？」

「目を閉じて両手を広げるだけでいい」

だけと言っても、他人の命令に従うなど王子はやりたくもないのだろう。一瞬迷ったようだが、好奇心に負けたのかリインは綾高の言うとおりにした。

池の縁のベンチに座ったまま、目蓋を閉ざし、左右に両手を広げてみせる。

「………こうか？」

「ああ、それでいい。ちょっと待て」

ソーブの中の首から提げた布袋に忍ばせていたものを、綾高は探り出す。伸ばされた男の右手の甲にそっと下ろすと、『プレゼント』もリインも身を竦ませてビクンとなった。

「なっ、なんだこれは？　一体なにを……」

開いたリインの目は丸くなる。

「……スナスジトカゲ？」

「ああ、ちょっとその手を上げてみろ」

リインが少し動かしただけで、トカゲは手の甲から肩へと勢いよく登った。

リズムを打つような軽やかな動きだ。たったたったっと腕を走るトカゲに、リインの目はみるみるうちに驚きに見開かれる。

「アヤっ、このトカゲ、肩に乗ったぞ！」

綾高はくすりと笑った。

「ああ、飼い慣らしたからな。言ってたろ？　おまえが飼ってたトカゲも肩に乗ってたって」

「そうだ。ああ、そう……こんな風に乗っていた」

立ち上がり、リインは反対側の手も高く翳《かざ》した。トカゲは今度はリインの左肩へと移り、まるで頂上でも目指すみたいに指先めがけて腕をするする登っていく。

「すごい！　すごいぞ、アヤ！」

リインは興奮のままに叫んだ。

正直予想外のはしゃぎっぷりだった。踊るような動きでリインはその場でクルクル回り、トカゲもくねくねと身をくねらせて腕から腕へと駆けてはリインを喜ばせる。

「あははっ、こいつは最高だっ！」

こんなに無邪気に笑う顔を綾高は初めて見た。

星明かりの下で金色の髪を揺らして笑うその顔は、普段よりもずっと幼く見えた。年相応の表情は、一度だけちらりと砂丘で見せたあの表情だ。

やや息を切らしながら、十七歳……いや、十八歳になったばかりのリインは興奮のままに言った。

「アヤっ、こいつは私が貰っていいんだなっ？」

「ああ、もちろん。プレゼントにしようと思って飼い慣らしたんだ」

「嬉しい」

微笑まれて、不覚にもどきっとしてしまった。なにか認めたくない感情が、体のどこかしらからか湧き上がる気がして、綾高は打ち消そうと冷静な声音《こわね》を作る。

「どういたしまして」

「名はあるのか？」

「いや、まだ特につけてない」

綾高の内心の動揺など知るはずもない王子は、つぶらな瞳のトカゲを見つめ、青い眸を細める。

「じゃあ名前をつけよう。そうだな……ジナーフがいい。アラビア語で翼という意味だ」

まるで名は用意されていたかのようにすぐに決まった。


その晩は機嫌がよかったからだろう。久しぶりに寝室に赴くように命じられた。

『誕生日』が始まってからというものリインは不機嫌で、宮殿に戻っても人を払うように部屋に籠りがちだったので、綾高はお勤めどころかどこで寝ているのかさえ知らずにいた。

リインは寝室をころころと変える。部屋は腐るほどあるし、ただの気紛れとしか思っていなかったものの、どうやら警備上の問題らしい。サイードは続き部屋の前室で必ず休んでいるようだし、セックスとなれば相変わらず寝室の中に立つ。

まぁもう慣れてしまったのでどうでもいい。弁《わきま》えた男は命じられない限り一声も発さず、置き人形みたいに身動き一つせずに『殿下』と『奴隷』がまぐわうのを見ているだけ。

けれど、今夜は少しだけ違っていた。

いつもの手順に始まり、いつものごとく玩具扱い。自分本位なセックスに身を置くリインに合わせていた綾高は、前触れもなく腹を殴られ、怒声を浴びせられた。

「おまえ、私になにをした⁉」

跨っていたリインはばっと飛び退《の》き、突然の事態に壁際のサイードも緊張を走らせる。

無防備になっているところ腹を打たれた綾高は、裸身を捩《よじ》って苦痛に呻いた。

「いっ…てぇ、くそっ……リイン、なんだよ急に…？」

「アヤ、なにをしたっ⁉」

「なにっ…て、俺はなんにも……ああ、もしかしてゴム？」

綾高はなにもしてはない。

ただそう、リインがコンドームをつけ忘れただけのことだ。もうどこが幻で貴重なんだか判らないほど定番使用の媚薬を綾高の性器に垂らすだけ垂らし、あのうんざりするほど感覚を鈍らせるゴムを被せないまま、リインは乗っかってきた。

そして挿入して二度三度、腰を動かしたかと思うと殴りつけられた。

「なに、教えなきゃいけなかったわけ？」

「当たり前だ！」

「そんな無茶な……」

あの粗悪なゴムにはどれだけ失望させられてきたことか。

リインが忘れたのを綾高は最初から気づいていたわけではない。でも、触れ合えばすぐに判った。

いつもと違う。下準備にぬるりと尻の狭間を滑っただけで、一回り猛《たけ》りが大きくなるほど気持ちよかったし、中に迎え入れられたときは、『あっ』とか『うっ』とかこっちまで変な声が出そうなほど快感だった。

なのに言うわけない。わざわざ教えるものか。

義務的に付き合わされてはいるけれど、綾高だって聖人君子ではないのだ。

「……リイン?」

飛び退いたリインは、恨みがましい目でこちらを一時見つめたかと思うと、悔しげに唇を嚙んで視線を落とした。広いベッドの隅でへたり込んだまま、上掛けを両手でぎゅっと握り締めている。

みるみるうちに赤くなっていく頰に、うっすら色づく肌。触れてしまった薬が効いている証拠だ。

もの言わなくなったリインは、そのまま上掛けを引き被り、こちらに背を向け身を縮めて横になる。

理由を知らなければ具合でも悪くなったみたいだ。

「ちょ、ちょっと……リイン?」

返事はない。

心配になったのだろう、普段は自ら近づいてくることのないサイードも声をかけてきた。

「殿下、大丈夫ですか?」

びくっと上掛けの膨らみが揺れ、リインはくぐもる声を一声だけ発した。

「寄るな、サイード」

そしてまた無言になる。息遣いがやけに荒い。熱にうなされでもしたみたいに次第に大きくなっていき、ついには微かな啜《すす》り泣きが中から聞こえ始めた。

「リイン、おまえそんなに辛いのか？」

正直、ザマアミロという気持ちもなきにしもあらず。『幻の媚薬』の効果がいかほどのものか、綾高は嫌というほど知っている。

ただ、綾高はもうだいぶ慣れていた。これで何回目だか判らない。今夜も無駄に性器は熱く昂ってはいるけれど、最初のときのような切羽詰まった獣じみた欲求はない。

震え出した上掛けの塊を見ていると、ザマアミロのはずが不憫《ふびん》に思えてくる。欲しいなら欲しいと言えばいいのに、薬のせいで乱れるのは嫌なのか。散々人には無体なことをしてくれたくせに——

自分はつくづく甘い。

「ちょっと見せてみろ」

中を覗こうとすると、頭まで引き被った上掛けを内から握り締め、リインは抵抗した。けれど、どうにも我慢ならないのだろう。何度も寝返りを打ち、もぞもぞを身をくねらせてはまた丸まり、啜り泣きだけでなく湿っぽい音が腰の辺りから響くようになった。

「おいリイン、どうした？　いいから、見せてみろって。あのなぁ、やせ我慢したってそれは治らないぞ？」

とにかく顔を見せるのが嫌らしい。裾のほうを捲ると、思いのほかガードは甘かった。両足が覗く。白い脹脛《ふくらはぎ》から腿、そろりと問題の尻まで捲った綾高は軽く息を飲んだ。媚薬に濡れそぼった入り口には二本のほっそりとした指が挿入されている。横臥して丸まったまま、後ろに回した手でリインはそこを慰めていた。

「……っ…ぅっ……」

綾高の視線を感じ取ったのだろう。びくんと身を震わせる。指を動かして一旦は抜き出そうしたものの、その感触すら堪らない刺激であったらしく、リインは小さくしゃくり上げながらまた深いところへと戻した。

「……ぅっ……ぁ…っ、や……熱いっ」

聞いたことのない泣き言が零《こぼ》れる。

「中が辛いのか？」

「熱い、熱くて…っ…痒《かゆ》…い」

「それはしつこく擦らないと治んねぇぞ。おまえ、俺が最初使われたときどんだけ苦労したか知らないだろ？」

「………うっ、ひぅっ…うっ」

恨み言を交えて脅された上掛けの中のリインは、話を聞いてか聞く余裕もなくてか、くぐもる声を上げながら指を少しずつ大胆に動かし始める。

二本の指は卑猥に姿を現わしては消えた。ぬらぬらと濡れ光って見えるのは、思いのほか媚薬が体内にたくさん入ってしまったからだろう。

「……く……っ……かなっ、い」

「……え？」

「奥…届かない……」

「やってやるから、指どけろ」

綾高の指のほうがずっと長い。抜き出させ、代わりに入れてやる。

リインの女みたいな指とは違う。長いだけでなく節張って太さもそれなりにある指に、リインの濡れた内壁は歓喜したように震えて吸いついてきた。

「……中、かなり熱いな」

掻き回してやると、切なげにシーツの上の腰をくねらせながらうわ言のように何度も繰り返す。

「おく……もっと、奥…もっ……んんっ……」

媚薬が蕩《とろ》けて深いところまで流れ込んでしまったに違いない。けれど、それを告げたら本当に泣いてしまうんじゃないかと思うほど、上掛けから響くリインの声は切羽詰まっていた。

何度か出し入れを繰り返しただけで、声は上擦って弾む。

「あっ、あっ、出るっ……」

ぴゅっとリインの性器から白い飛沫が飛んだ。射精は呆気ない。けれど、腹を濡らすほどに反り返ったものは収まりつく気配もなく、また次の快楽を求め始める。

終わり知らずの欲求だ。綾高は知っている。達してしまえば収まるどころか、むしろますます欲しくなる。

「なん…でっ……あっ…い、奥、熱い…っ……」

「……しょうがねぇな、挿れてやるから尻上げてみ。あと、ちゃんとそっから出てこい、酸欠でおかしくなるぞ」

軽く溜め息をつき、綾高は上掛けを引っ張る。

一度達したのだから素直に応じるだろうと思いきや、王子は頑なだった。

「……嫌だ、誰…にも見られたくない」

「見られたくないって……」

すでに頭隠して尻隠さず状態だ。それに、最低相手が一人いなくてはセックスは成り立たない。

「サイード、悪いが出て行ってくれ」

「だめだ！」

せめてサイードを部屋から出そうとすると、鋭い声が響いた。壁際を見れば、当のサイードまでもが首を振る。

「私は殿下のご命令でしかこの場から動きません」

揃いも揃って頑固者だ。

「……って、じゃあどうすんだよ」

このまま悶々《もんもん》と夜明けでも待つのか。

すぐにまたリインの啜り泣く声が響き始める。今まで散々人前で腰を振りたくってオナニーもどきのセックスを繰り返しておきながら、砂漠の島国王子のプライドはどこにあるのか、庶民の代表の綾高にはまるで判らない。

「あのなぁ、リイン……」

言いかけてやめた。

頭らしきもののある膨らみを、上掛けの上からそっと撫でてやる。綾高は苦笑いしつつも、最後まで付き合ってやるつもりになっていた。せめて自分の気持ちが伝わるようにと大きな手のひらで撫で続けていると、声が中から響いた。

「……サイード」

弱り切った微かな呼びかけにも、サイードはすぐに応じる。

「はい、殿下」

「……出て行ってくれ。隣の部屋にいてくれ」

「……承知しました」

扉を開閉する音が響く。

二人だけになったのは初めてだった。

上掛けを剝《は》ぐと、リインは大きく息をつく。苦しかったに違いない。頰は湯あたりでも起こしたように赤く、眦《まなじり》まで色づいて濡れているのに綾高は驚いた。

本当に泣いていたらしい。

「サイードを出て行かせたぞ」

濡れ光る青い目でねめつけ、リインは不服そうに訴えかけてくる。

「ああ……奥まで嵌めてやるから、うつぶせて腰上げてみろ」

「……いやだ」

「嫌じゃないだろ、普通に嵌めたってそんな奥まで届かないぞ。バックから挿れてやる」

綾高もやや焦っていた。言葉を選ぶこともせずに告げると、リインの眉が泣きそうに下がって今度はべつの意味で焦った。

「り、リイン……」

ただ後ろからするだけのことが、王子にはそんなに苦痛なのか。

薬でまいっているのは自分ではない。そんなに嫌なら普段どおり騎乗位でも正常位でも、と思い始めていると、リインがもぞもぞと体を動かした。

のろのろとした動きで尻を浮かせる。

「……これで……いいか？」

精一杯の譲歩なのだろう。しかし、ほんの二十センチばかり浮いたところで止まっており、なんとも中途半端だ。

「もっとだ、ほら……膝を立てて起こせ」

「む……無理だ」

「無理じゃねぇって、頑張れ。な？　もっと高く上げられるだろ？」

返事はなく、代わりにしゃくり上げるような喉《のど》を鳴らす声が何度も聞こえた。四つん這いで指を立てたシーツを固く握り締めるリインは、そこへ伏せた顔を埋《うず》めながらも、大人しく腰を高く掲げていった。

「いい子だな。ちょっと見せてみろ」

薬の影響が気になる。

さっきまで指で暴いていた場所はひくひくと蠢《うごめ》き、濃いピンク色をしていた。ちょっと指先で突っつくと口が開いて、赤く染まった中が覗く。

挿れるときはいつもこんな色をしているのだろうか。そうなのか薬のためなのか判らない。充血した中がちらちらと覗く様子は、ひどく艶めかしく、ぐんと自身のものが形を変える。

綾高はちょっと自己嫌悪した。確認するつもりで、自分がめいっぱい欲情してどうする。

焦《じ》らされているに等しいリインが、半泣きで訴えかけてくる。

「アヤ…ぁ……」

「ああ、判ってる」

綻《ほころ》びは指先を含ませると、きゅんと窄《すぼ》まった。そのまま二つ目の関節辺りまで入れて、リインの好きな浅いところを探ってやる。

少し指を動かすだけで、ぐちゅぐちゅと音が鳴った。蕩《とろ》け出したみたいに中は濡れているのに、そこは可哀想なくらいに張っていて異常なのが判る。ちょっと触れただけでも、感じて堪らないはずだ。

——これじゃ、あと一、二回イッたくらいじゃ収まらねぇだろうな。

よほど射精を繰り返さないと、効果は抜けないかもしれない。体質によるのだろうけれど、結構鈍いはずの自分でもよく効いたくらいだ。

「も…うっ……アヤ、あや…っ…指、いやぁ……」

日頃のツンツンした態度はどうしたのかと問いたくなるほどに、感じやすい王子はもうぐずぐずになっている。

「おく…してっ、してくれるってっ……言った…っ、のにっ……なんで…だっ……なんっ…でっ」

わけが判らなくなっても、そっちの約束は覚えているらしい。

綾高は苦笑した。

「わかったから……もう、挿れてやっから。ちゃんと……最後まで付き合ってやる。おまえが欲しいだけくれてやるよ」

ぬるつく口に屹立の先を宛がう。くっと力を入れただけでそれはなんなく飲み込まれ、淫らに蕩けた粘膜に包まれていく。

中はひどく熱かった。こんな感触は初めて覚える。綻んでいるくせにきゅうっと窄まって、健気に思えるほどに綾高を感じようとする。

どこか体温の低そうなリインの内側とは思えないほど、そこは熱っぽくて柔らかくて、たとえ薬のせいでも正直堪らないほどいい。

「……んっ、あ…っ、もっと…っ……」

「まだか？　じゃあ、もっと足広げてみろ」

「や…だっ……腰、上げたら……するって、おまえっ……」

「言った言った。だから、してやるから……ほら、膝開かねぇと……俺はこれ以上入れない」

立場は完全に逆転していた。

宥《なだ》めすかして、軽く脅したりもしてじりじりとシーツの上の足を開かせていくと、なにやらひどい意地悪でもしている気分だ。そのくせなんだかこう、胸やら腹の奥やらが熱く乱されるような興奮もある。

「あ…待っ……や、やぁっ……」

待ち切れず、綾高は間に深く入れた自身の膝で両足をぐいっと左右に割った。なにもかもが密着し合うほどに腰をぶつかり合わせ、リインの望む場所を探ってやる。ぐしゅっと突き入れる度にあからさまな音が鳴った。

「ひ…ぅっ……あっ……」

奥は先っぽが締めつけられてちょっときつい。シーツに顔を埋めたリインは、望んだくせして泣きじゃくり始める。

「奥、狭いな」

慣れていないのか。そういえばリインはいつも浅いところで腰を振っていた。

「……ぅっ…ぅぁっ……や…ぁ」

「……欲しかったんだろ？　届いたか？」

「あっ……ん、う…ん…っ……」

奥で小刻みに揺すってやると、リインは弓なりに背を仰け反らせ、『あっ、あっ』と艶《つや》っぽい喘《あえ》ぎを少しずつ交え始めた。軽くイってしまったんじゃないかと思えるほどシーツが濡れている。綾高が腰を深く入れる度に、先走りが勢いよく溢《あふ》れ落ちてくる。

「……すげぇな」

「……み…っ…見る…な……」

「気持ちよくてとろとろなんだろ？　どうせ俺しか見てねぇんだから、気にするな」

安堵させるつもりが、リインの泣き声は大きくなった。ぼろぼろと零れた涙がシーツに吸い取られる。

堅牢なはずのプライドを崩壊させられて泣いているリインを見ると、やっぱりザマアミロという気持ちよりも、べつの感情が不思議と勝った。

「リイン、そんなに泣くな」

可哀想だと思った。

たぶん、可愛いとも。

「わっ……私は、泣い…っ、泣いてなど…っ…ない」

「……そっか」

自分もやはり薬にだいぶやられていたのかもしれない。綾高は追い詰めるよりも、可愛がって泣かせるほうを選んでしまう。

「あっ……だめ、それ…っ…だめだ…っ、ああっ……」

ベッドの上だけには収まりきれないリインの切ない声は、明け方近くまで部屋からずっと響いていた。

◇　◇　◇

翌日から綾高《あやたか》はリインのボディガードに加わることになった。

異論なんて唱える余地もない。早朝から叩《たた》き起こされてサイードに警護に当たってての心構えやら、不審者が近づいてきたときの対応やら、銃の基本的な扱い方やらを教えられた。

「顔周りが痒《かゆ》い」

肌に触れる異物の感触に、無意識に愚痴を溢《こぼ》す。

顔に触れているのは、歩みに合わせて揺れる頭巾《ずきん》の端だ。リインについて回るからには、日除けというより正装の意味で被《かぶ》らなければならなくなった。

白装束の上には、ガウンのようなものも羽織っている。ビシュトというらしいが、リインは襟に金色の織り模様のなされたものを身につけており、周囲とは一線を画している。

ボディガードに囲まれて歩く姿は、高貴なオーラが溢《あふ》れていると言わざるを得ない。

街でのリインは綾高の想像以上に多忙だった。食事会だの美術品鑑賞だの、一見優雅な公務ばかりではない。王宮で海外のＶＩＰや政府のお偉方と分刻みのスケジュールで会合を持つ日もあれば、政府主要施設を飛び回る日もある。

絶対君主制国家の王族なんて、国を私物化しチヤホヤされるのが仕事……みたいに思っていたところがあるが、現実は権力があるぶん責任も大きいということだろう。油断すれば民主化の波が押し寄せ失脚しないとも限らない。

実際、リインについていると、毎日が平和というわけにはいかなかった。

「なんか表に大勢いるんだけど」

視察に訪れた公共施設を後にしようとしたところ、ガラス扉の向こうに見える人垣に綾高は驚く。百人はいる。視察関係は表に人が集まっているのは珍しくないが、今日はなにやら不穏な空気だ。ドコドコとなにかを打ち鳴らす音まで聞こえる。

「警備員が食い止めてくれています。騒ぎが大きくならないうちに出ましょう」

サイードの言葉に、リインを取り囲んで表に出た。

飛び交う意味不明のアラビア語に、幾重にも掲げられたミミズののたくったような文字のプラカード。音を立てているのは空のペットボトルだ。大きなペットボトルをまるで野球の応援グッズかなにかのように二本ずつ掲げ、叩き合わせている。

とんだ大騒ぎに、出口に回された車までのほんの数メートルが数百メートルにも思えた。

「こいつら、なんて言ってるんだ⁉」

「殿下万歳、リイン様万歳だ」

「……そうは見えねぇぞ」

「目を合わせるな。相手にすればつけあがる」

ビルの警備員たちがバリケードを作ってくれているとはいえ、リインは騒乱などどこ吹く風の涼しい顔だ。

ツンと澄ましたいつもの高慢な表情を崩さぬまま、サイードが扉を開けた車の後部シートに収まる。残ったのはただの雑魚。ボディガードたちだというのに、王子に相手にされなかった不満からか、騒ぎは一層過熱した。

「なんなんだ、こいつら!?　なんて言ってる!?」

サイードが淡々と答える。

「都市開発に反発する者たちです。元々排他的な考えの強い島国ですから、急速な観光国化にはついていけない者もいるのです」

「って、そんな反対されてまでリゾートに力入れなくても……この国にはうなるほど石油があるんだろう?」

「オイルマネーで潤っているように見えるのは、表面上の華やぎに過ぎません。むしろ、手厚く生活が守られてきた結果、変化を嫌う国民性が培われてしまいました」

「それでリインは人気がないのか?　開発のせいか?　それとも、若くて……」

容姿のことを言い出そうとして口ごもる。言葉を途切れさせたのは、人垣から飛んできたペットボトルをひょいと避けたりしているからではない。

先に車に乗り込んだリインと目が合ったからだ。

「アヤ、なにをもたもたしている、早く乗れ」

「あ、ああ」

綾高は助手席へ、サイドとほかのベテランボディガードがリインを挟んで後部シートへ収まる。クラクションを鳴らし、ゆっくりと人を分けるようにして車道へ出て行く車の中で、リインは綾高の疑問を聞いていたかのように言った。

「彼らはああやってパフォーマンスで目立っているにすぎない。少数派が騒いでいるだけだ。私を支持する者は大勢いる。ほら、今だって……そこを開けろ、受け取ってやれ」

交差点に差し掛かると、ターバン姿の若い男が今度は手を振りながら駆け寄ってきた。手にしたぺらりとしたものは危険物ではなさそうだ。数センチばかり窓を開けて綾高が助手席から受け取ると、手のひらサイズの写真だった。

青い背景にモナリザのごとき微笑《ほほえ》みを湛《たた》えて映った、リインのポートレート。添えられたペンでリインはさらさらとサインを書き、若者へと返すよう指示する。

「王室の公式サイトの通販で売っている私の写真だ。熱狂的なファンらしいな」

——って、アイドル人気じゃねぇか！

「支持か？　今の、支持って言えるのか？　王室の公式サイトってなんだよ!?」

「どんな形であれ、国民が政治に興味を持つのはいいことだ」

だからって王室がブロマイド販売はないだろうと思ったが、ふざけているわけではないのだろう。昼も一緒に行動していれば、リインが色欲まみれのバカ王子でないことぐらい判《わか》ってくる。

　公務なんて、連れられて行った先でにこにこしていればいいだけのものかと思ったが——

「サイード、午後の予定はどうなっている？」

「二時からハリージュのホテルで会合の予定です。本日は昼食会の予定は入っておりませんので、レストランを先ほど予約しました。今日はフレンチにいたしましたが、いかがでしょう？」

「なんでもいい、早くすませよう」

　興味なさげに返すリインは本当にどうでもいいのだろう。

　相変わらず外に出ると食が細い。ストレスで食欲が減退するのか。

　ほどなくして車は海岸縁の戸建ての美しいレストランに到着し、ＶＩＰルームと思しき豪華な個室へと案内される。

　身内だけの際はリインは皆と一緒に食事をとる。しかし、案の定自分だけ早々に切り上げようとした。

　上司が小食早食いだと部下が食い辛《づら》いじゃねぇか！

　などと思ったのも半分ぐらいはあるけれど、綾高は体調への気遣いから声をかけた。

「待て、まだ下げるな。リイン、もう少し食え」

「おまえに指図される謂《いわ》れはない」

「食わないと今夜はナシだな。痩《や》せぎすのおまえじゃ毎晩抱くのは不安だ。具合でも悪くなったら、俺が責任取らされそうだし？」

隣席からやや声を潜めつつも脅しをかけてみる。

「私はそれほど柔《やわ》ではない。それに、その件に関してもおまえに予定を決める権限はない」

なにやら堅苦しく言っているが、ようするに『自分がヤりたいときがヤるとき』ってか。

実際、リインはずっとそうだったわけだが、こないだの誕生日パーティの夜から少しばかり様子が変わってきている。媚薬にあてられて散々痴態を晒《さら》してしまい、弱みを握られたも同然なのかもしれない。

今も、特に他意もなく綾高が顔をじっと見つめただけで青い目が揺らぐ。仕草だけは尊大なまま、リインは尖《とが》った顎《あご》をしゃくってテーブルの上を指し示した。

「食べてほしいなら、それを寄こせ」

綾高が食事中のメインの皿だ。指図は受けないと言いながらも、自分の勧めに従うらしい。なんだって人のものをと思いつつも、水を差すのもなんなので大人しく皿を交換する。

メインの味に飽きたのか。リインは魚を注文し、綾高は肉だ。けれど、添えられているパンは同じものだし、わざわざ人の食べかけに手を出す理由にはならない。ほかのボディガードも少し驚いた目で見ている。

サイードだけはいつものごとく表情を変えていなかった。

「食事は選り好みするくせに、こっちはおかわりまでするんだな」

「……食べたら、ちゃんとするるっ…て言ったのは……おまえ、だろ…っ……」

夜はいつもより早い時間に寝室に来るように言い渡された。

寝室のベッドの上で息も絶え絶えな具合に応えるリインに、綾高は苦笑する。体力なさそうで不安だと言っただけで、抱く約束をしたわけでも、まして二度三度とするなんて言い渡したつもりもないのだけれど、リインの中ではそういうことになっていたらしい。

一度繋《つな》がれて達したのに若い王子は元気だ。媚薬に狂わされているわけではない。あれから懲りたのか、リインは綾高に対しても薬を使おうとはしなくなった。

サイードも寝室には入れず、前室に待機させている。

まともなセックスだ。そう思う一方、『やばいな』と感じる部分もある。

リインを抱いてしまっている。以前は玩具《がんぐ》扱いに甘んじ、受け身のセックスでいられたのに、命じられてもいない愛撫《あいぶ》やら抱き方をして、やけに積極的になっている自分がいる。

サイードの目がなくなったからだけなのか。

「アヤ…っ、もう…っ……」

焦《じ》れたリインがシーツの上の身をくねらせ、縋《すが》るような目で見上げてきた。

綾高が長い指を絡みつかせた中心は、イったばかりとは思えないほどまた昂《たか》ぶっている。両足を掲げて再び挿入しようとすると、濡《ぬ》れた眸《ひとみ》がもの言いたげに自分を見つめ、リインは躊躇《ためら》いがちの声を零《こぼ》した。

「きょ、今日は……こ、こないだみたいにはしなくていいのか？」

『こないだみたい』がなにを示しているのか、綾高にはすぐ判る。

リインはバックが好きらしい。あれほど嫌がってたくせして、初めてやってみたらハマってしまったということろか。

それでも、『高貴』な男には屈辱的なポーズであることには変わりないのだろう。

自ら進んではしない。でも、はぐらかしていると表情はどんどん切なげになってきて、しまいには泣きそうな顔をして遠回しにそれをねだってくる。

綾高がセックスで好きなのは、どちらかといえば見つめ合える正常位だけれど、いつも望んでいるふりをしてリインの希望を叶《かな》えてやった。

「してもいいのか？」

「おまえが……したいなら、して……やってもいいっ」

綾高はうつぶせにしたリインの頭を軽く撫《な》で、判りやすい反応にくすりと笑む。

「じゃあ……させて貰《もら》おうかな」

内壁をじわじわと摩擦するように、時間をかけて奥まで穿《うが》った。高く掲げさせた尻を根元まで嵌《は》め込んだもので揺すってやると、昼間の偉そうな態度が嘘のように、リインはか細い声で『あんあん』と啼《な》き始めた。

「あっ、あっ、いい……いいっ……」

しなやかな弓のように反らされた背が、深い官能に震えている。リインの白い肌は頬紅《ほおべに》でも刷いたように色づき、突き上げられた小さな尻はうっすらと汗ばんで添えた手のひらに吸いつく。

淫《みだ》らに開いた口を見つめながら、綾高は腰を動かした。先端から根元まで、リインの中はねっとりと舐《な》めしゃぶるみたいに自身に絡んできて、一度往復させるだけでも堪《たま》らない。

「……はぁ…っ、すげ……いいな……」

綾高は両手で細い腰をしっかりと捉え、リインの感じるポイントを狙い澄まして何度も抉《えぐ》ってやった。

「や…っ…そこ、アヤ…っ、あ…っ…い…いっ……あっ、あぁっ……」

深く飲ませ、分厚い腰を押しつける。軽いその身が前にのめるほどの激しい動きに、逃がれようとしてか感じて堪らずか、リインの腰は反り返って高く浮き上がった。

「いやっ……や、も…っ……ふか、いの…や、だ…ぁ、あ…っ…あっ……」

嫌だと泣き始めながらも、きゅうきゅうと締めつけてくるところをメチャクチャに揺さぶって突いてやると、後ろだけでリインは達した。

勢いよく放たれたものが、シーツを打つ音を立て、リインの中は大きくうねって綾高も一緒に連れて行こうとする。

「……出していいか、俺も」

意図せず声は低くなり、熱く張り詰めた屹立《きつりつ》はリインの中でビクビクと弾んだ。

「あーやべ……今の、イキそう」

先走りをどっと溢れさせたような感触を綾高は覚え、達したばかりで放心しかけていたリインが『ひっ』となった。

「いや……だめだっ……」

「中、もう出すぞ」

「バカ、だめだっ…て言って…っ……んんっ…」

ぐっと尻を引きつける。戦慄《わなな》いて逃げようとするのを許さず、綾高は欲望のままにリインの奥深いところに射精した。

「あっ…あ…っ……」

感じているのか、白い背中が震え出す。小さく啜《すす》り泣く声が響き始めて、なんだかとてつもなく酷《ひど》いことをしてしまった気分にさせられたけれど、途中で止《や》めるなんてできずに二度三度と腰を往復させた。リインの中へと、すべてを解き放つ。

正直、堪らなく気持ちがよかった。

蕩《とろ》けそうなのは腰だけじゃない。やけに満たされた気分で、うっとりと快楽に浸りそうになる。

「リイン、そんなに泣くことないだろ」

宥《なだ》めるつもりで声をかけると、リインの泣き声は『うわーん』とでも言い出しそうなほど当てつけがましく大きくなった。

「……嫌だと言った…のにっ、きたな…っ…汚いものを、おまえっ……私の…中にっ……」

「俺の精液は汚物扱いか。リイン、あとで洗ってやるから……ほら、宮殿自慢のジャグジーバスでさ。だからそう怒るなよ、な？　すごい気持ちよかったろ？」

言葉で宥めても足りそうもないので、背後から腕を回して抱き締める。身を捩《よじ》って拒絶するリインを、綾高は自分の腕の中に引《ひ》き摺《ず》り込むようにしてベッドに転がった。

「……放せ、馬鹿っ」

捕らわれた王子の機嫌は悪い。

「いいから、早く……それを抜けっ」

「そのうち抜けるよ……萎《な》えてきたら」

どうにか機嫌を直そうと、綾高はリインの金色の髪に鼻先を埋《うず》める。髪や、覗《のぞ》く耳にキスをした。後ろから回した手をするりと這《は》い下ろし、濡れて残滓《ざんし》を溢れさせているものに宥めるように触れる。

リインの動きは急に大人しくなり、息遣いが艶《つや》を帯びた。

「いっぱい出したな、満足できたか？」

「……も…う、触るな」

「ここに触られるのは嫌か？　気持ちよさそうにしてるけど」

「…………くそ」

悔しそうな反応が返ってくる。達したばかりでまたすぐに感じてしまうなんて、不本意なのだろう。

感じやすくてセックスが好きで、性奴隷を持とうだなんてどんな淫乱王子だと思っていたけれど、考えてみればリインはまだ若い。性に興味津々で、快楽を望んでもなんの不思議もない年頃だ。

綾高は髪に唇を押し当てたまま、ゆるゆると優しく性器を愛撫した。

「前から思ってたけど、リイン……おまえ先走りの量が多いな」

シーツの上の頭が動き、ちらと青い目が睨《にら》んでくる。けれど、怖くもなんともない。泣きそうな眼差《まなざ》しだ。

「べつに悪いって言ってるわけじゃない。こうやってすぐ気持ちよくしてやれるしな」

溢れているぬめりを広げるように扱《しご》けば、濡れそぼった性器は綾高の手の中でぴくぴくと弾んで、堪らなく感じているのを示した。

ちょっと宥めるだけのつもりだったのに、止まらなくなる。リインもそれは同じようで、ベッドのほうへ戻した顔を伏せ、吐息をシーツに吸い取らせ始める。

「いいか？」

「……ああ」

「どこがいいかちゃんと教えてくれよ」

「ペニス……私のペニスだ」

表情を見られるのは嫌いなくせに、リインは言葉には頓着《とんちゃく》しない。王子のプライドの謎の一つでもあるけれど、綾高は苦笑するしかない。

「色気がねぇなぁ。そうだ……」

悪戯心《いたずらごころ》がむくりと頭をもたげた。

「リイン、日本語で言ってみろ」

「日本語…なんてっ…知らない」

「教えてやるから……」

寄せた唇で、綾高は悪い囁《ささや》きのようにリインの耳へとそれを吹き込む。

「……変な…言葉だ。犬の名前みたいだな」

「言ってみろ」

「……なんでそんなもの言わせたがる？」

「俺が……聞きたいからかな。後ろからだって俺のためにさせてくれんだから、これも……言ったっていいだろ？　な、リイン、どこが気持ちいい？」

閉じかけた足を、割り込ませた膝《ひざ》で無防備に開かせ、性器の感じるところを丁寧に探ってやりながら唆《そそのか》す。裏っかわの筋張ったところをぞろりと撫で上げて刺激し、くびれた場所を二本の指で挟んで擦《こす》ってやると、シーツの上の金色の頭が左右に揺れる。

頭を振るリインは、とろとろと先走りをシーツに垂らしながら微《かす》かな声を発した。

「……………ちんちん」

ぞくっとなった。

「ちんちん……擦れるのが気持ちいい……」

はなを啜りながら、リインがよく意味も摑《つか》めず発した言葉は、ちょっとヤバいくらいに興奮する。自己嫌悪すべきところだが、欲望のほうが今は勝った。平常サイズへと戻りかけていたものは、包まれているだけでも気持ちのいい場所で判りやすく嵩《かさ》を増す。

「あっ、アヤ……おまえ、なに……また大きくして…っ……」

「可愛いな、おまえ」

綾高は夢中になって、皮膚の薄そうなこめかみに何度も唇を押し当てた。

もっと、もっと可愛がってやりたい。極《ごく》自然に湧《わ》き上がる感情が、快楽とは深く結びつかないはずの行為を求める。

リインとキスをしたことはない。べつにダメだと言われたわけじゃない。ただ、したいとも思わなかったし、したことがないとすら意識していなかった。

なのに、今は気にかかる。

唇の形や色も、喘《あえ》ぐときに覗かせる舌の色も。こうやって余韻に浸るように愛撫を施すとき、堪らなくキスがしたいと思う。その唇にかみつくように口づけ、舌をねじ込んでそれから——

それから、そっと啄《ついば》むように触れ合わせたい。

そう思う。恐らく簡単なことだ。唇と唇を押し合わせるだけ。今だって、触れ合うだけならちょっと首を捻《ねじ》るだけでできる。

でも。

自分はそれをしては後戻りできなくなる気がしてならなかった。

「ジナーフ」

どこから上って来たのか、天蓋《てんがい》ベッドのカーテンにぶらさがって姿を現わしたスナスジトカゲを、リインシャールは手のひらで受け止めた。

昼間出かけている間はトカゲはケージに入れているが、夜は寝室に放って自由に過ごさせている。ときには肩に乗せたまま図書室や中庭へも連れ歩いてアミルに羨《うらや》ましがられ、子供のときもそんなことがあったのを思い出した。

いつもペットというより友達のように傍《そば》に置いていた。王宮には子供は大勢いたけれど、誰もリインとは遊んでくれなかったので、もの言わぬトカゲが親友のようなものだった。

「ジナーフ、おまえは賢いな」

まるで定位置のようにするっとトカゲは肩に落ち着く。ベッドの上で足を伸ばし、山と置かれたクッションを背当てに書物を読んでいたリインは、その顔を見るとふっと笑んだ。

まさか褒められたのが判ったのでもないだろう。トカゲは伸び上がり、突っつくようにリインのこめかみから頬の辺りに鼻の先をぶつけてくる。

くすぐったい。そう思った瞬間、最近やたらと顔を近づけてくる男を思い出した。こめかみやら頬に唇を押しつけ、囁かれる言葉も。

「可愛い……か」

リインは言われた記憶があまりない。幼少の頃から美少年と呼べる容姿であったが、それも世界に出ればのこと。王宮では遠巻きにされて育ち、王位継承権を得てからは誰もそんな軽口は自分には叩けなくなった。

べつに嬉《うれ》しい言葉だとも思っていなかったが、言われてみるとどこかむずむずとなる。

「ジナーフ、おまえはそのようなことを言われたことがあるか？」

トカゲは瞬きをするだけだった。突っつこうとすれば、ひらっと布団へ逃げられてしまう。

「……遅いな、なにをやってるんだ」

リインは落ち着かない気分で戸口を見た。

もう十時を過ぎている。部屋に呼んだ綾高は一向に来る気配がない。まだ夜はこれからの時間ではあるものの、何度も読みかけの本から顔を起こして扉を見ているリインには随分な遅れに感じられた。

自分はまるで心待ちにでもしているみたいだ。

そう感じた途端に、今度はベッドの上で本を読んでいることすら落ち着かなくなった。いかにも抱かれることを期待して待ち侘びているかのようではないか。

「こっちへ来い、ジナーフ」

トカゲを引っ掴み、窓際にある机へと移動する。自分の寝室だというのに、この落ち着かなさはなんだ。

「リイン、悪い遅くなって！」

間もなくして綾高が詫びながら扉を開けて入ってくると、リインは本に夢中になっていた素振りで間をおいて振り返った。

「アヤ、来たのか」

「ラクダが脱走してさ、小屋に戻すの手伝ってたんだ。わりとすぐ捕まえたから戻すのは時間かかんなかったんだけど、なんか汗臭くなっちまって……」

「風呂に入ったのか？」

綾高の黒い髪はまだ湿っていた。傍に寄られただけで、その体温が上昇しているのが判る。

僅《わず》かな温度差にもかかわらず、ぼっと自分まで熱を移されるような感じがして身が引ける。

「ああ。なんだよ、なんで逃げるんだ？　ちゃんと綺麗《きれい》に洗ってきたぞ、失礼だな」

「あっ……」

「ほら、ジナーフもいい匂いがするって言ってる」

耳元に顔を近づけられると頬まで熱い。主人の体の状況などトカゲはお構いなしで、傍に来た男の肩にひょいと飛び移った。

「ジナーフはおまえのほうが好きなようだな。いつもおまえが来ると、そうやってすぐにそっちに行こうとする」

「そうか？　まぁ最初に飼ったのが俺だから、より慣れてるのかもしんねぇけど……なんだ、拗《す》ねてるのか？」

「馬鹿、トカゲごときで私が拗ねるわけないだろう」

その『トカゲごとき』を貰って、我を忘れるほど興奮してはしゃいだのをリインはなかったことにしていた。

綾高は少し笑ったかと思うと、手のひらに乗せたトカゲを肩へと戻してくる。

「べつにどっちがより好かれてたっていいだろ？　どうせトカゲも俺もあんたの所有物だ」

「それは……まぁそうだな、宮殿に置いている限りいつでもおまえたちには会える」

適当に返した言葉だったが、急に男の表情から笑みが失《う》せた。微妙に強張《こわば》ったようにすら感じられる。

「アヤ、どうした？」

「あ……いや、トカゲはもっと懐くさ。今は忙しいからそんなに構ってやれてないせいだって。その……新しい空港のこととかもあるしな」

「ああ、それで今年は行事の多い春がさらに忙しい。無事に開港を迎えられれば、状況も変わってくるんだが……しかし、おまえは随分空港に興味があるようだな？」

ボディガードに加えた頃から、時折尋ねられている。開港日の段取りに、綾高自身の参加の有無。『日本人だからって、式典前に弾《はじ》き出されやしないか』とか、『どうやって私服で配置している警備員と一般参加者を区別しているんだ』とかも。

「そりゃあ、俺もそんな大イベントの警護に駆り出されるっていうんだから気になるさ。みんなワクワクして待ってるんじゃないか？　けど、今まで空港がなかったわけじゃないんだろう？」

「当たり前だ。しかし場所もけして近くはないし、もう古びてきている。リゾート大国になるからには、国の玄関口は着いた途端に気持ちが昂ぶるような華やかさがないと……」

「ふうん、そんなもんなのかな。なぁリイン……そのリゾート大国ってのは、どうしてもならなきゃいけないわけか？　あんま歓迎されてないみたいじゃねぇか」

少し移動してベッドの端へと腰を下ろす男を、リインは見た。このあいだのスフラシュカルでの騒ぎのことを言っているのだろう。

「あれは極一部の反発者に過ぎない」

「一部でも全部でも、反対されていることに変わりはないだろ？　古い暮らしを守るのも悪くないいんじゃないかと、部外者の俺なんかは思ってしまうんだけどな」

リインは小さく鼻を鳴らして応えた。

「ふっ、日本人がそれを言うか？　日本はカトラカマルと同じ小さな島国でありながら、短期間に高度成長を果たした国だ。島であるゆえの独自の文化も持っているし、一部は世界に誇れるものにもなっている」

「誇れるって、便座と触手か？」

「それだけではない。私は日本からなにかを学べないかと思っているんだ。それで日本へは時折旅行に行っている。お忍びでな」

意外だったのだろう。綾高は少し離れた距離からも判るほど目を丸くした。

「我が国は早急に変わらねばならない。石油はそう遠くない未来に底を尽く」

「まぁずっとそう言われ続けてるし、実際これから増えるもんでもないから、いずれなくなるんだろうけど……」

「いずれではないよ。世界的な問題の話ではなく、この国だけが抱えた事情だ。世間が考えているほど、カトラカマルの保持する資源は豊かではない。そう判明したのだ……十年ほど前の調査で」

「……え？」

リインは椅子から立ち上がり、格子窓のほうへと寄った。肩のトカゲが大きく振り落とされそうに体を揺らすが、気を回していられるほど平然とできる話ではなかった。

「圧力をかけて隠し通しているが、内情を知る者は大勢いる」

「……って、それ、もの凄《すご》い秘密ってことじゃ……なんで俺なんかに？」

国家の重要機密だ。何故《なぜ》、日本人のたかだか奴隷に話してしまおうと思ったのか。

判らない。判らないが、どこか胸のつかえが下りたみたいに楽になれる感じがした。

リインは幾何学模様の格子窓から、月明かりにぼんやりと浮かび上がった砂漠の地平線を覗き見る。

「この国は沈みかけの船だ。混乱を招かないために知らされていない国民はまだ夢を見続けているが、現実を知っている者たちは身の振り方を考えることに躍起になっている」

「そんな……」

「国の将来を本気で案じている者など少数だよ。多くは船に残った僅かばかりの宝で、今のうちに私利私欲を肥やして逃げ出すことしか考えてはいない。投資や起業、拠点を世界へと移し、ビジネスが優位に働くよう利用できるものはなんでも取り込もうとする。弱き者は気づけばその波に飲み込まれている」

窓に背を向けると、真《ま》っ直《す》ぐにこちらを見ていた男と目が合った。格子の間から差し入る月光を背に、リインは静かな声音《こわね》で言った。

「私はこの国を立て直したい」

「それで観光に力を入れようと？」

問いかけにリインは頷《うなず》きともつかない程度に顔を動かし、目を伏せると微かな笑いを零した。

「……変な話になってしまったな。おまえが遅れてくるからだ、気が削《そ》がれた」

コマドリが飛んでいる。

チュリチュリとさえずりながら、高く掲げたリインのまだか弱き手の上を飛んでいる。

「母上、見て！　見てください、ジナーフがこんなに高いところまで登れるようになったんです」

王宮の中庭で、噴水の傍のベンチに座る母親のほうを振り返った幼いリインは、空を飛ぶ鳥にも気づかず得意げな笑みを浮かべていた。

その手の先には一匹のトカゲがいる。黄色い背中と、脇には黒い斑紋を並べたトカゲは、まるでサーカスの動物のようにリインの動きに従い、肩から腕、手の先まで駆け上った。指の先にしがみつき空を望むトカゲに、リインは子供らしい笑顔を見せる。そっと腕を下ろすと、誰に教わったわけでもないのに、愛しいものを守るように胸に抱えた。

「とても賢いトカゲです。いつか……父上にも見てほしい」

母が困った顔をするのは判っているから、最後の言葉は手の上の『友人』だけに聞こえるように呟《つぶや》いた。

ジナーフとリインはいつも一緒だった。

食事のときも誰にも見つからぬよう、こっそりと膝に乗せていたし、勉強の時間は大きな布製のペンケースの中がジナーフの寝床だった。夜はもちろんベッドで一緒に寝る。小さなジナーフの定位置は枕の右上。本来夜行性であるから朝は動くのも億劫《おっくう》なようで、ケージにしているラタン編みの手提げ籠《かご》にリインはそっと戻して寝かせた。

そしてある日、勉強の時間を終え、自分の寝室のある棟へと戻ろうとしているときだった。

裏手の庭を歩いていたリインは声をかけられた。

「リイン、おまえペットを飼っているそうじゃないか」

五つ年上の十六歳の兄だった。

ほかに二人の兄もいた。

「その籠に入れてるのか？　見せろよ、白人のペットってどんなんだ？」

「見せろって言ってんだろうが、さっさと寄こせっ！　げっ、トカゲじゃねぇか、気持ち悪いな！」

乱暴に奪われた籠の中のトカゲは、蓋を開けられた途端に驚いて飛び出した。

「ジナーフっ！」

王宮の歩道は石畳だった。砂のように潜ることのできない地面を、ジナーフは身をくねらせて逃げ惑い、空になった籠を兄は掲げて笑った。

「リイン、おまえのペットはどこに行ったんだ？　空っぽじゃねぇか。ああ、なんか害虫が走り回ってるぞ」

籠の中からは、リインが寝床に細かく切って詰めていた紙が溢れ落ちた。異国では降るという雪のようにはらはらと舞う白い切片を、兄は振り上げた足で散らした。

「汚ねぇ害虫は駆除しねぇと」

「兄上っ!!」

飛びつこうとして適《かな》わなかった。残った兄たちに両腕を捉えられたリインは、その場で身を激しく捩ることしかできず、ただ声を限りに叫んだ。

「やめてください、兄上っっ!!」

リインは懇願した。

「お願いです、やめてっ、やめてくださいっっ!! お願いしますっ、お願いですから…っ…兄上っ、兄上っ、やめ…てっっ……」

何度も、何度も、兄たちに頼んだ。

傷つけないでください。私の友達を、どうか奪わないでください。

ただ一人の友達なんです。

ほかには誰もいない――

振り下ろされた足に、リインは身も千切れんばかりの声を上げた。

幼い悲鳴は、自らの心をも裂きながら晴れた空へと響いた。


「ジナーフっ！」

リインシャールは叫び声を上げて飛び起きた。

「ジナーフっ、ジナーフっ!!」

自分がどこにいるのかも、なにをしていたのかも判らず、ただ狂ったような声を上げてばさばさと周囲の布団に手のひらを這わせ、失ったものを探した。

「リインっ、どうした!?」

ベッドの傍らで寝ていた男が驚いて起き上がる。明かりを落とした部屋の中では男は大きな黒い影にしか見えず、リインは『ひっ』となって一瞬身を竦《すく》ませた。

「しっかりしろ！　ジナーフは……ここにいるぞ、ほら」

「あ……」

ベッドの傍らのケージから綾高は寝ていたらしいトカゲを取り出し、引っ摑んだリインの手のひらへと乗せてくる。少し冷やりとした感触が手の中で動くのを感じ、リインはようやく自分が寝ぼけているのを察した。

眠っていたのは寝室の大きな天蓋ベット。裸でいるのは、隣で寝ていた男と抱き合った後だからにほかならない。

「ほら、おまえのトカゲだ。しっかりしろ、なんか夢でも見たのか？」

「夢……」

そうだ、夢を見たのだ。夢を。

子供の頃、兄たちにトカゲを——

首筋や背に汗をかいているのが判るのに、体はやけに冷たく感じられた。手の中で少し困ったように身を動かしているトカゲを、リインは深く首を折った姿で見つめた。

「リイン？　どうした？」

「……いや、なんでもない」

ぽつりと声を漏らすだけで精一杯だった。声をかけてくる男のことを考える余裕もなく、

骨の浮いた白い背中を小さく丸め気味にしたリインは、その背を温かな手のひらに撫でられて顔を起した。

「なんでもなくはないだろ。びっくりさせんなよ、もう……」

「……アヤ？」

抱き寄せられたリインは目を瞬《しばたた》かせる。一瞬驚いたけれど、そのままそろりと男の広い肩に頬を乗せてみた。

生きている。綾高の体も、手の中の小さな生き物も、とくとくと脈を鳴らしている感じがして、ほっと安堵の息が零れた。

月が浮いている。

暗い中庭の池に漂うかのように浮かび上がった月を、綾高は中廊の大理石の手摺《てすり》に凭《もた》れてぼんやりと見下ろしていた。

深夜二時。誰もが寝静まっている時刻だ。肩に乗っかったジナーフの息遣いさえ聞こえてきそうな静寂が、砂漠の宮殿を満たしていた。

トカゲはリインの寝室を出る際についてきた。夜行性らしく、夜になると活発に動き回りたくなるようだが、こんなところを見たらまた主人が拗ねるに違いない。

綾高は抜け出したベッドに残してきた男を思い、微かな溜《た》め息をついた。以前は事が終わると自分の部屋に戻っていた……というより、さっさと追い出されていたが、最近はそのまま朝を迎えることが多くなった。

一緒に眠っていると、リインは突然飛び起きることがある。最初は『落ち着かない奴だなぁ』なんて軽く思っていたものの、うなされているからしいと今は判った。

どんな悪い夢を見ているのか。

ただならぬ様子に、綾高はリインが抱えているものをぼんやりと感じた。

このところ昼の公務も忙しい。けれど、明らかに疲れ切っていると判る夜でも、毎晩リインは部屋へと呼びつける。

まるで、いつまでもこんな生活は続かないと判ってでもいるかのようだ。

そう思ってしまうのは、自分に後ろ暗いところがあるからだろうか。長くここへ留まるつもりなどなく、そしてそれが現実になろうとしているのを自分は知っているからか。

綾高はラティーフと連絡を取り合っていた。逃亡の手引きをすると約束したラティーフは、目立たぬよう宮殿に姿を見せることはないが、ある方法で意思の疎通を図るようになった。

やはり、計画はリインのボディガードに加わったところから始まっていた。

来週に迫った新空港の開港式典がすべての鍵だ。警備の隙をついて騒ぎを起こすべく、綾高はリインにさりげなく話を振っては式典について探りを入れ、準備は着々と整っている。

事が予定どおりに運べば、もうほんの一週間後には自分は――

「……ジナーフ？」

肩で大人しくしていたトカゲが、急に後ろ足で立ち上がるような仕草を見せた。前足を耳にかけられくすぐったい。ほぼ百八十度という異様な首の捻りっぷりを見せるトカゲにつられて背後を見ると、男がこちらに近づいてくるところだった。

「眠れませんか？」

サイードだ。大きな体のくせに足音もなくするっと傍に寄ってくる。

「いや、ちょっと目が覚めて……あんたこそこんな時間に珍しいな。寝てたんじゃなかったのか？」

寝室と廊下の間の前室でサイードは変わらず休んでいる。忍び足で通り抜けたときにはよく眠っていたようだったが、有能で抜け目ない側近のことだから、あの時点ですでに起きていたのかもしれない。

「あなたがここへ来てもう二カ月になりますね」

隣に並び立ち、白い手摺に手をかけた男はおもむろにそんなことを言い出した。

思い出話を始める時刻でもない。男らしい黒い眉を顰《ひそ》め、なんとなく身構えた綾高に、サイードは中庭に浮かぶ月のほうを見つめながら続けた。

「アヤタカ、殿下がお嫌いですか？」

いつか尋ねてきたのと同じ言葉。

判らない、答えるほど親しくないと自分が突《つ》っ撥《ぱ》ねた質問だった。

「べつに嫌いじゃない。それくらい見てれば判るだろ？　知ってて訊《き》くなんて、嫌な奴だなあんた」

「では、質問を変えます。殿下をお好きですか？」

「……知らねぇよ」

ついぶっきらぼうになるのは、訊かれたくないからだ。

あのときのように、判らないとは言えなかった。

言ってしまえばきっと嘘になる。

「殿下が寝室から私を払ったのはあなただけです、アヤタカ」

「それは薬でおかしくなったからだろ」

「あれからずっと、殿下は私を部屋に入れようとはなさいませんが？　一度私が確認したところ、『入らなくてよい』とはっきりおっしゃいました」

「隣の部屋でも大して変わらないって判ったからじゃないのか？　どうせ全部筒抜けなんだろう？　その……声とかな」

つい声を潜めてしまったデリケートな問題にも、サイードは顔色一つ変化させない。

「殿下はあなたとの房事に大変満足していらっしゃるようです」

涼しい顔で言ってくれる。大事な殿下が奴隷にいいようにされて、恥ずかしい格好で泣かされ、あまつさえ濫《みだ》りがわしい言葉まで言わされているのをどんな気分で聞いているのか。

頬を引き攣《つ》らせつつ綾高は返した。

「とにかく、なんかあってもあんたに聞こえてるなら大丈夫ってことだろ」

「それはどうでしょう。見えないのですから、あなたが私に気取られずに殿下を手にかけることは容易《たやす》い。一声も上げさせず殺《あや》めることも可能です」

随分物騒なことを言う。肩の上のトカゲが、ぴくっと危険でも察知したみたいに頭をもたげて瞬きした。

「私が房事にお付き合いするのは、警護の一環にほかなりません。殿下は誰も信じてはいらっしゃらなかった。でも、あなたのことは信用なさった。ボディガードに加えたのも、けして気まぐれなどではありません」

信用されていることぐらいは綾高も判っている。

国の問題とはまるで無関係な身の上である自分だ。人種や宗教も知ったことではないし、王子の髪が金髪でもブルネットでも構わない。そんな自分はリインにとって気楽な相手なのだろうと思っていたが、それだけではないかもしれない。

「どうして俺に急にそんな話を？」

「伝えられるうちに話しておこうと思いましてね。あなたとこうやって話ができるうちに」

食えない男だ。人生経験も場数も豊富に違いないサイードは、すべてを見通したような目をして綾高に忠告した。

「殿下にはあなたが必要です、アヤタカ」


まだ日の昇りきらない午前中、綾高は砂漠の一本道にいた。

突っ立つ隣には、引き綱に引かれたラクダがいる。吹きつける砂交じりの風に、ラクダはその長く密集した睫毛《まつげ》の瞬き一つで砂を払い、対砂漠仕様の睫毛を持たない綾高は、ゴトラの端を顔に回して凌《しの》いでいた。

待っているのは車だ。やがてスフラシュカルの方角で光がちらついたかと思うと、汚れたフロントガラスで太陽光を反射させながら、一台のトラックが走ってきた。

時折起こる砂嵐で道が荒れているのだろう。砂塵をもうもうと巻き上げながら近づいてくる。

「悪い、待たせたなぁ。今日はゲートでもたついちまって」

開いた運転席の窓から腕と顔を出した男は、大して悪びれた様子もなく袋を差し出した。

「ほらよ、いつものヤツだ」

「ありがとう、助かる」

車はスフラシュカルから宮殿へ毎日生活物資を運んでくるトラックだ。綾高は親しくなったトラック運転手に、こっそりとラティーフからの荷物を運んでもらい、ラクダの散歩の振りをして宮殿から少し離れたこの場所で受け取っていた。

「しかし噂に聞いてたが日本人ってのは変わってるなぁ。隠れてまで腐った豆を食べずにはいられないなんて」

「腐った豆じゃなくて、納豆だよ」

「ナットウくらい知ってるさ。けど、まじで糸引いてカビまで生えてんだぜ？　おまえそれどこで食ってるんだ？　匂いがするから殿下に禁じられたって言ってたけど……」

「トイレだよ。便所飯ってやつだな、日本じゃ珍しくない」

嘘じゃない。綾高はやった経験がないが、大学時代は一人で食事をとるのが嫌だとか言ってこっそりトイレで飯を食う奴がいた。

「ひゃあ、便所で飯を食うのか！　さすが便座がぬくい国だけのことはあるな、ニッポン！　日本は狭いから便所を快適にして部屋にしてるって聞いたけど、本当だったのか！」

なにかまた日本文化が誤解を生んだようだが、綾高は笑って合わせておいた。

トラックが一足先に宮殿に向けて走り去ると、ラクダに乗る前に袋を確認する。

本当に納豆のパックがいくつも入っている。けれど、開けると白いパックには納豆だけでなく折り畳んだ紙切れが入っていた。あれからこうして何度かメッセージを受け取り、返事を入れた空パックを、今度はスフラシュカルに戻るトラックに積んでラティーフに渡して貰うことにより連絡は成り立っていた。

原始的だが合理的でもある。嫌われ者の納豆様々だ。綾高は周囲に気を配り、ラクダの陰でラティーフからのメッセージを読んだ。

開港式典での段取りが事細かに記されている。綾高の調べた警備の隙をついて入り込んだ雇われ者が、会場で爆竹を鳴らして暴動が発生した振りをするという、なんとも単純なものだ。

「……ん？」

綾高は納豆のパックを戻そうとして、袋の奥になにか紙に包まれたものが入っているのに気がついた。開けてみて息を飲む。パスポートだ。もちろん偽造だろうが、出来栄えは悪くない。どこから入手してきたのか、写真は運転免許証と同じものだ。アラブの王族の力恐るべし。

『一度きりのチャンスだ、逃すな』

包んだ紙には、そう走り書きされていた。

チャンス。確かに千載一遇の好機であるはずなのに、少しも浮かれた気分になれないのはどうしてだろう。

サイードに夜中に釘を刺すように忠告されたのは数日前だ。

受け取った袋をラクダの腰に括《くく》りつけ、その高い背に乗った綾高は、強く吹きつけてくる風に目を細めた。遮るもののない荒野を、乾いた風はビョオッと音を立てて駆け抜ける。空は今日も青い。のっぺりと広がる枯れた大地を覆い尽くし、太陽は容赦ない白い日差しを降り注ぐ。

自分はここを出てどうするつもりなのか。

日本に帰ってどうする？

リインの言ったとおりなら、パスポートを手に入れても自分には戸籍がない。買収され、友人知人の関係も破綻している。元々、借金返済に追われて学生時代の友人たちとは疎遠になっていた。忙しいし、生活環境が変わったし。そう自分の中で言い訳していたけれど、惨めな生活に身を置く自分を見せたくなかったのかもしれない。

元の生活に戻れたところで、エロビデオ屋の店長だ。

果たして、そこは今をなげうってまで戻りたい場所か？

そう考えたところで、綾高はこの国での暮らしが、秤《はかり》にかけて迷わねばならないほどに大きくなっていることに気づかされる。

いや、自分の中で存在が大きいものは生活ではなく——

「……行こう」

綾高は掛け声をかけてラクダを進ませる。

あと、二日だ。

パスポートも手に入れ、手はずは整った。なにも迷うことはないはずだ。

いくらこの景色に慣れ、順応しても、自分にこの国の人間だという意識は湧かない。たとえ金髪や碧眼であってもリインがこの国の王になる者だと胸を張り、守ろうと考えるようには、まだこの国のことを思えてはいない。

何者かと問われたら、たとえ国籍を持たずともこう答えるだろう。

自分は日本人だ。


「リイン、星を見に行かねぇか？」

食事を終えたばかりで、寝室に向かう前に書斎で書き物でも少ししようかと思っていたときだった。リインシャールは宮殿の廊下で綾高に呼び止められた。

「星？　星なら中庭か屋上でいくらでも見られるが？」

「そうじゃなくて、月の丘にさ。あそこならきっと降るように見えるだろ？」

自分を連れて夜の散歩に出たいなど、どういう風の吹き回しかと思う。

少し考えたが、今夜は急ぎの用もないのでリインは付き合うことにした。今日は午前中も公務は休みで久しぶりにゆっくりできた一日だ。

連れ出されるまま、表に出て見て驚いた。てっきり車で行くのかと思えば、準備されていたのは二頭のラクダだ。コブの後ろには、なにやらカーペットのようなものから、ランタンにガスストーブまで積まれている。

「おまえはキャンプでもしに行くつもりか？」

「夜のピクニックってところかな。行きたいって話をしたら、サイードがいろいろ準備してくれた。砂漠の夜は震える寒さだろ？　ほら、これ着ろよ」

ひょいと放られたガウンを受け取るリインは、通用門の傍のポールに繋いだラクダの手綱を解《ほど》く男に今度は驚かされた。ひょいひょいと慣れた手つきで操り、ラクダの前足と後ろ足を叩いてしゃがませている。

「おまえ、ラクダに乗れたのか？」

「こんなこともあろうかと思ってな、こっそり練習しといた」

「よくいう。どうせラクダで脱走でも企てていたんだろう？」

図星だったらしい。「ははは、っ」と明らかに誤魔化し笑いを零した綾高は、早く乗るように急《せ》かす。

ラクダの背に揺られるのは久しぶりだ。当然車ほどのスピードは出ない代わりに、かなり柔らかな砂地でも歩くことができる。月の丘に辿《たど》り着くと、二人は砂丘の途中でラクダを降り、急な斜面を徒歩で上った。

「なんだアヤ、もう息を切らしてるのか？　今夜は距離もそうないし、真昼間でもないのに情けない奴だな」

早くも遅れがちな綾高のほうを振り返ったリインは、さくさくと夜の砂を踏みしめて歩みを進めながら笑う。

「荷物は俺一人で抱えてるんだぞっ！　それに、このっ……足元の感じが苦手なんだよ！　上り方にっ……コツでも、あるのかっ？」

「そうだな……私は砂丘を上るのが嫌いではないが、なかなか摑めそうもないコツだ」

「……なるほど。そいつは俺にはなかなか摑めそうもないコツだ」

がっくりと肩を落としたような声が、ほぼ無音の砂漠に響き、リインはまた少し笑った。

穏やかな夜だ。風は凪《な》いでいた。月明かりに照らされた夜の砂漠は、まるで波打つ広い海原の上を歩いているかのようだ。

天空は三百六十度のパノラマとなって広がり、星は煩《うるさ》いほどに光っている。砂漠の砂粒を昇らせたかのように無数の星だ。小さな輝きは隙間なく夜空を埋め尽くし、月は手が届きそうなほどにすぐ近くにあった。

「月がすげぇな。デカい」

上り切った砂丘の上で綾高は手を伸ばしてみせる。

「月はアラビア語でアルカマル。カトラカマルの語源は『月の雫《しずく》』から来ている。月がアラビア海に落とした一滴の雫がこの島になったという言い伝えだ」

「へぇ、この国の名前って綺麗な意味なんだなぁ」

「そうか？」

素直な反応にリインはやや驚いて隣を見た。国のことを綾高が褒めるというのは意外であり、なんとはなしに決まりが悪い。

「さて、この辺にするかぁ」

綾高は座るのに適した斜面を選ぶと、肩に担いでいた赤っぽい敷物を広げた。羊毛のキリムラグだ。暖を取るためのガスストーブを砂に埋めるようにして置くと、残る袋からワインのボトルを取り出した。籠に入ったツマミのパンまで出てくる。

「明かりは月だけで充分みたいだな」

本当にピクニックをするつもりなのか。

アラブ人にとって砂漠でのピクニックは珍しくもない。しかし、リインは王子であるゆえ、あまりそういった経験はない。

「このワイン、ノンアルコールじゃないぞ」

並んで座り、出されたカップのワインを一口飲んだリインは眉を顰める。

「やっぱりアルコールはダメなのか？」

「宗教的な理由でな。しかし我が国はそれほど煩くはない」

「サイードが温まるよう気を使ってくれたんだろう。神様になる王子が、砂漠で風邪でも引いたら元も子もない」

酒は滅多《めった》に口にしないが、嫌いではない。リインは美しい星空を眺めつつ、少しずつ飲んだ。

そういえば初めてだと気がつく。サイード以外の人間と二人きりでここへ来たことはない。サイードですらこうして並んで座ったりはしておらず、リインはいつもこの景色を見るのは一人だった。

「綺麗だ」

ぽつりと隣から声が響く。

「そうだな、月は神の作った最高傑作だ。日本では月よりも太陽を崇《あが》めるそうだが……」

「月じゃない。おまえのことだ、リイン」

言葉に驚かされて右隣を見ると、一緒に夜空を眺めているはずの男は、自分のほうを真っ直ぐに見ていた。

急に会話が不得手になったみたいに、綾高はたどたどしい声で言う。

「リイン、おまえなんか……きらきらしてる」

「……金髪だからな」

「それだけじゃねぇと思うんだけど……」

ほかになにがあるというのか。

リインは、月も太陽も人工的な明かりであっても、光という光すべてを反射する自分の髪が好きではない。髪だけでなく、青い眸も白い肌も。宮殿から出る際にゴトラをきっちりと被って顎にも巻くのは、儀礼的な意味だけでなく、人目に晒すのが好きではないからだ。

「……それだけじゃない…って？」

つい小さくなった声で問うと、綾高はなにか言いたげに唇を動かしたものの、結局黙ってしまった。

見つめ合うと、どうしたらいいか判らなくなる。もうずっとそうだ。なにか伝えるべき言葉がある気がするのに出てこない。見つけたくもない。

リインが先に目を背けようとすると、ふらっと男の顔が近づいてきた。言葉を語らなかった唇は、代わりであるかのように額へと押し当てられる。

子供相手みたいなキス。けれど、目蓋から頬、唇の傍まで下りる間に密度を増す。乾いた唇の感触は次第にしっとりと湿りを帯び、リインの白い肌へと吸いついた。

大きな手のひらが顔を包み込む。節張った指が顎のラインを何度か滑るうちに、リインは思わず目を閉じてしまいそうになる。

「………………リイン」

微かな声と共に、吐息が唇の端を掠《かす》めた。

傍までやってきながら、男の唇がそこへは触れないのも、なにも抑制してもいないのに苦しげな声で名を呼ばれるのも、いつものことだ。

この息苦しさはなんだ。

はぁっと二人して息をつく。ますますどうしていいか判らないだけの状況を、リインは普段の澄ました声で繕った。

「……結局、ここへ来てもおまえとやることは同じじゃないのか？　こんなところで寒いだけだ」

綾高はふっと気が緩んだように笑った。

「そう言うなよ、せっかくサイードも送り出してくれたんだ。もっとこっちに来い、くっついていれば寒くないだろう？」

「おまえが命令するな。おまえは最近……」

口にしかけて言い淀む。言いたい言葉ははっきりと喉《のど》まで出かけたのに、一瞬でまた判らなくなった。

「最近、なんだ？」

「……生意気だ」

「はは、俺が生意気なのは最初っからだろ？」

ぐいっと引っ張られても、リインは今度は文句を言わずに従った。引き寄せられるままに、敷物の上の綾高を跨《また》いで腰を下ろす。そのまま背に腕を回されると、完全に抱っこをされている状態だったが、綾高は体温が高いのかふかふかの布団にでも包まれたみたいに温かく、気持ちがよくて抗いがたい。

「こうするとぬくいだろ？」

「温まるだけか、アヤ？　ここは使わなくてもいいのか？」

衣服の下の男の中心を刺激するように、乗っかった腰をくねらせると、不意打ちに「うっ」と微かな声を零して綾高は睨みつけてきた。

「……くそ、まだガキのくせにおまえはエロ過ぎる」

「私は子供ではない。成人しているし、おまえの国でだってもう触手アニメもレンタルできる」

憎まれ口で応戦するものの、リインはそれも長く続かないことを知っていた。

綾高に本気を出して抱かれると、息も絶え絶えになるほど感じてしまう。自分の体質が敏感で、綾高が鈍いせいだろうと理由づけてみても、しっくりこないのも判っている。体質は昔からだ。今に始まったわけじゃない。そんなのは抱かれて乱れる理由にはならない。

「……ん…っ……」

自分で腰を振ったくせに感じて息を詰まらせたリインの耳に、綾高はからかうでもなく囁きかけてくる。

「このまま乗っかってろ、砂でも入るとやっかいだ」

『どこに？』とは問い返さなかった。

長い上着の下の穿《は》き物をずり下ろされ、脱がされる。されるがままで再び綾高の上に腰を戻したリインは、もう頬が熱いのを感じた。ガスストーブの炎の明かりの元で、綾高の目にはよく判らないはずなのは幸いだ。

「サイードもさすがに潤滑剤までは用意してくれなかったな」

綾高がそこを慣らすのに使ったのは、パンに添えられていた小瓶のオリーブオイルだった。だが、ピタパンに塗られた豆のペーストには、最初からオリーブオイルが練り込まれている。サイードがわざわざ小瓶を持たせたのをリインはおかしいと思ったけれど、言えなかった。

深く考える余裕すらない。

そこに指を入れられただけで、泣きたいような感覚が湧き上がってくる。指で慣らすのは、自分で施すことだって平気なくらいなのに、綾高の指だと意識しただけでじっとしているのも困難なほどにおかしくなる。

小さく口を閉ざした場所を解《ほぐ》される間、リインは無意識に男にしがみついていた。ガウンの胸元を引っ摑み、広い肩に押し当てた額を時折もどかしげに揺らす。

ぬるっと油分で滑《なめ》らかになった指が中を行き来するだけで堪らない。きゅんと窄《すぼ》まって、節の形まで感じ取ろうとする。

長い指だ。綾高らしい、男らしい手指。無骨なところもあるのに、その動きは細やかで優しい。二本に指を増やされると、リインはもう堪《こら》えていることなどできずに、「あっ」と何度も細い声を漏らして感じているのを知らしめた。

「リイン、痛くないか？　気持ちいいか？」

耳元の囁きにまでぞくんとなる。

回数を重ねるごとに綾高が積極的になり、自分に対して好意的にもなっているのは感じていたけれど、今夜はなんだか特に甘い。優しさを隠そうともせず、甘やかしてくる。

「んっ……んんっ、指…っ…もうっ……」

指だけでも泣きそうになっていたリインは、性器でそこを開かれるともう繕うどころではなくなった。

貫く屹立の熱さや雄々しさに腰が震える。動かされれば、骨までくにゃりと蕩けてしまいそうに感じる。

跨《また》がった腰の奥で感じるもののことだけでリインの頭はいっぱいになり、涼やかな海の色をした眸は眦《まなじり》まで涙に濡れた。

「アヤ…ぁ、それ…っ……」

普段は冷やりと尖っているのが嘘のように、甘えた声が出る。

「……どうした？」

「それ、擦れて…る…っ、すごっ……いっぱい…擦れて……」

「ああ、いっぱい擦れてるな。何回……こう、してるかっ……わかんないくらいだ」

「…ぁ…やっ……気持ちい…い、ちんちん…っ……気持ちい…っ……」

「ちんちんは気持ちよくないだろ？　触ってねぇんだから」

「でもっ……」

「見せてみ？」

綾高はリインが身につけたままのガウンの合わせ目を開き、繋がれた腰も両足もゆったりと覆い隠していた長いソーブの裾を捲《まく》り上げた。

すでにもっと恥ずかしい声や仕草を見せているのに、リインはそれを暴かれるだけのことに身悶《みもだ》える。

「や…っ……」

性器は腹を打つほどに反り返っていた。硬く張った先端から根元まで、先走りに濡れ光っている。

恥ずかしい。なのに感じて濡れそぼった自身を目にすると、リインの体は揺らいだ。自分がどんな顔をしているのか判らない。切なげな表情で勃起した自身を見つめていることも判らないまま、くねらせた腰を前後に揺らめかす。

「あ…ぅ、あ…っ……あんっ……」

泣き声に合わせたかのように、雫がまたぶわりと浮かび上がった。

「……リイン、すげ…ぇな。そんなにいいのか？」

「ん……アヤ…っ……」

肯定したかどうかも判断できなかったけれど、衣服を捲っていた綾高の手が先を急ぐかのように動いた。ガウンの中でするすると上った手は、ソーブを胸元までたくし上げ、リインの細い体を露《あら》わにする。

暖かなガスストーブの炎に照らし出された肌。火照《ほて》った色に染め上げられた体を両脇から大きな手で抱き留め、綾高は胸元で膨れた粒に指を滑らせてきた。

「あ……や…っ……」

リインは伏せた睫毛を震わせる。少しかさついた親指の腹で転がされ、きゅっと摘まれると、嫌だと押しのけるように無意識に手が出た。

「嫌なのか？　ここは好きじゃねぇか？」

問われると、リインは黙って首を振る。

嫌なわけではない。

「服、持ってろ」

「アヤ……？」

「寒いし、脱がせたくない。だから……な？」

言い包められ、服を捲るのを手伝わされる。

男の乳首なんてそんなに感じるはずもない。そう思うのに……実際、今まで大して感じた記憶もないのに、綾高の手で小さな尖りを嬲《なぶ》られると堪らない快感を覚えた。

「……んっ……ぁうっ……」

ぴくんと昂ぶったものが揺れて腹を打つ。前だけでなく後ろも反応を見せ、飲み込んだままの綾高をきゅっと締めつけてしまう。

「あっ……ぁんっ……」

男は口元を緩めてくすりと笑った。無礼にも馬鹿にされたに等しいのに、リインの視線はその唇に釘づけになる。

今にも触れ合わさりそうな距離から、けして近づくことのない唇——

「……リイン、乳首気持ちいいか？　あんあん言っちまうくらい、いい？　ああ……またとろっとしたの出てきた」

「あ……っ……や……ぁっ……」

見つめる唇から零れ出す低い声にまで、ぞくぞくとさせられる。ぴゅっと飛び出すような勢いで先走りは溢れ、今にも弾けそうな自身に綾高が長い指を絡みつけるのを、リインは啜り喘いで目にした。

「アヤ、だめ…っ……だめ、だ……それ…はっ……」

「おまえ、繋がってるときに触られるの嫌なんだっけ？　すぐイっちゃいそうになるから？　ちょっとだけ、リイン……ちょっと触るのもだめか？　もっとおまえのこと……感じさせたい」

「あ、アヤ……ぁっ、や……やっ…しなっ……」

そろりとした手つきで軽く上下に弄《もてあそ》ばれただけでもダメだった。張り詰めた性器を弄《いじ》られ、リインはしゃくり上げ始める。服なんて持っていられず、懸命に両手で拒もうとするのに男は動じない。

綾高の力が強いのか、自分がどうしようもなく非力になってしまっているのか。

「アヤ…っ、もぉ……」

「やっぱ……可愛いな」

「も、やめ…っ……それ、は…もうっ……」

「なんでそんな……おまえ、してるときはすげっ……可愛くなるんだろうな」

聞く耳をもたなくなった綾高は、自身も興奮に訳が判らなくなっているようだった。泣き喘ぐリインを熱っぽい眼差しで見つめ、掠れた声で問いかけてくる。

「それとも……今のが本当のおまえなの？　これが、本当の……」

尋ねていることもきっと判ってはいない。リインにも答える余裕などなかった。

ぐんと自分の中で勢いを増した綾高を感じたと思った途端、リインの昂ぶりは唐突に弾けた。

「あっ、あっ……あぁっ……」

回された指を、解き放った生暖かなものがびしゃりと濡らす。

予期せぬ射精だった。びっくりして、なにがなんだか判らないまま熱い飛沫《ひまつ》を上らせたリインは、ぼろぼろと大粒の涙を零している自分にすら驚く。

熱く火照った頬を涙が伝った。達したばかりの性器を扱かれてはなを啜り上げる。

「も……っ……いや……いや……」

ぐしゅぐしゅと響く卑猥な音に、羞恥にどうにかなってしまいそうだった。綾高に触れられたところが熱くて、溶けたみたいで、止めどない快楽におかしくなる。

突《つ》っ撥《ぱ》ねようとしてもびくともしないどころか、下から緩やかに突き上げられる。

「あ…ぅっ……そこ……あ、アヤ…待ってっ……動かさな…っ……」

「動かさないと一緒に……イケないだろ。もう一度イケそうか？　今度は、一緒に……」

「だめっ、だめ……もっ……私は……」

尻を浮かせて逃げようとするリインの腰は、男の力強い手にやんわりと引き戻される。

「あぁ…ぅっ……」

じわっと深いところまで入り込んだものに、リインの上げた細い悲鳴は、静かな砂漠の海の空気を震わせた。また性器の先が濡れてくる。

腰を両手で捉われ、揺らされる。前から後ろへ、右から左へと。ゆったりと回すような動きで、ポイントをじっくりと嬲られると、リインはもうぐずぐずと泣き喘ぐことしかできなくなった。

「や……っ……そんな…したら、いくっ……アヤ、またっ……」

自分がここまで快感に弱いだなんて、今まで知らなかった。

体が震える。寒さではない。けれど、快感だけでもない。体の中に芽生えたなにか、今まで知らなかったものが、自分を震わせているのをリインは感じた。

「ああ、やばい……俺もイキそ…っ……」

「アヤ……中にっ…出すの…か？」

「……リイン、イキたい。おまえの中で……ダメか？」

問いかけてきた男にリインは抱きついた。

「ダメ……ではない」

何故、迷いもなくそう応えたのか。

「……イクっ……リイン、ああ…っ…一緒に」

情欲に溺《おぼ》れて掠れた男の声に、リインの中にあるなにかは大きくなる。綻《ほころ》んで受け入れた場所は切なく軋《きし》み、穿たれた綾高を締めつけては、深い悦楽を与えようとリインの中は蠢《うごめ》く。

自分の快感のためだけではなく、与えたかった。

リインは初めてそうすることで感じていた。

「……アヤっ……アヤっ……」

泣きながらも、腰を揺さぶるのを止めなかった。甘えるみたいにしがみつく。揺れるうちに、どちらがそうしているのか判らなくなる。

ぼんやり目を開けた視界の中では、たくさんの小さな明かりも揺れていた。幼い頃に乗ったブランコのように。

降るほどの星の光に包まれ、二人は抱き合い、どこまでも求め合う。

ずっと、ずっとこうしていたい、そう思った。綾高の熱を身の内に感じ、自身も熱を解きながらも、その瞬間さえもリインは確かにそう思っていた。


綾高は広大な夜の砂漠を前に呟《つぶや》いた。

「この国は広いな。日本よりずっと狭いはずなのに広く見える」

やってきたときには右手に見えていた月は、いつの間にか夜空の左手へと移っている。

長い間抱き合って熱を帯びた体に砂漠の夜気は冷たかったが、腕の中は温かい。綾高はリインを抱きしめていた。背後から抱かれるままのリインは敷いたラグの上で膝を抱え、一緒に砂丘の向こうの世界を見つめている。

あまりに視界を遮るもののない景色は、どこに焦点を合わせていいのか判らない。自分は一体どれほどの距離を視界に収めているのだろうと、不安になる漠然とした広さだ。昼間の色を失くした砂漠は海原のようでもあり、底のない宇宙のようでもある。

空で星が瞬く。ここは地上であると知らせる。けれど、天に川の流れさえも描く無数の星は、粒子のような細かな輝きで折り重なり、今度は宇宙の深さに当てられる羽目になる。

どこにも寄りつくところのない、途方にくれるほどの広さ。

「でもおまえは狭い日本のほうがいいのだろう？」

たとえようのない綾高の不安を読み取ったように、腕の中の男が言った。

「日本に帰りたいか、アヤ？」

「……そりゃあ、帰りたいさ」

苦笑が零れた。一瞬答えに間が空いてしまったのを誤魔化すように、腕を伸ばして指先で地平線の彼方を差し示す。

「なぁリイン、あそこに見えるのはなんだ？　小さく光ってる」

「ああ、湖が月の光を反射してるんだろう。あの先のズルカは、かつて豊かな水に恵まれたオアシスの町だったが、今は離れ小島のように残った小さな湖しかない」

「かつてって？　もっと大きな湖でもあったのか？」

リインは溜め息をついた。

「中央アジアのアラル海と同じだ。この国ができたばかりの頃、無計画な灌漑で湖を失った。未来の選択を誤れば、どんなものでも失われかねない。この国全体がそうなってしまうこともありうるという教訓になってる」

「国のことは、おまえが正しい道を選べばいい」

「そうだな。しかし……選べても、皆がついてこないことにはどうにもならない」

綾高は返ってきた言葉に驚いた。まるで王子らしくもない、今までの言動からはかけ離れたやけに後ろ向きな発言だ。

「なんだ、いつになく弱気じゃねぇか」

「おまえが最初に言ったんだろう？　権力で命は束ねられても、人の心を掌握することなどできないと」

「そ、それは……」

リインは前を見据えたまま話をしていた。

僅かな風が吹き、その髪を揺らす。踊る金色の髪は、抱いた綾高の顎の辺りを柔らかく撫でる。

「いくら私がこの国を思っても、生まれついての外見は変わらないからな。サイードからおまえも聞いたのだろう？」

綾高は一瞬迷ってから、「ああ」と小さく応えた。

「父も私を生ませたのを後悔しているだろう。ふっ、まさか私に王位を譲る羽目になるだなんてな。知っていたら、気軽に異国の女を妻に娶《めと》ることなんてしなかっただろうに」

サイードからはそこまで詳しくは聞いていなかったが、国王である父親との間には相当な確執……溝が存在するらしい。

「親父さんにそう言われたのか？」

「いや、父と私はもう何年も私的な会話を交わしたことはない」

「病気なんだろう？　もう長くないって言ってたけど……」

「ああ、それでサイードも見舞いに行けと煩い。対外的に私が一度も行っていないというのは都合が悪いからな」

「……リイン、そうじゃないだろ。サイードがおまえに見舞いを勧めるのは、そういう理由じゃないと俺は思う」

サイードは堅物だが、情のない男ではない。

リインも本当は真意を判っているのだろう。言葉に沈黙し、金色の小さな頭は沈むように伏せられた。

「今更父と病室で顔を合わせてどうする。私はなにを話せばいい？　国益についてか？　今までの恨み言か？」

「親子なんて、べつに特別な会話なんてなくていいんじゃないのか？　まぁ俺も親子について判ってるとは言えねぇけど」

綾高は苦笑し、目の前の頭を小突くように顔を寄せた。

母親とは最悪の関係だった。今会えば、それこそきっと恨み言しか出ない。

そして、父親とは――

「俺はさ、親父のことを覚えてないんだ。おふくろはちゃんと結婚せずに俺を生んだみたいだし、物心ついたときには父親なんていなかった」

首を捻ったリインが、目を瞠《みは》らせて背後の自分を見上げてきた。

「けど、なんとなく親父がどんなんだったか判っちまうんだよなぁ。親父はきっと外国人で、英語圏の人間だ。やっぱアメリカ人かな……お袋の勤めてた店、米軍基地に近かったから」

「自分の顔立ちでそう思うのか？」

「ああ。ガキの頃はすっげー自分の顔が嫌だった。人には『ハーフか？』ってしょっちゅう訊かれるし。面倒なんだよ。だってさぁ、戸籍上父親なんていもしねぇのに、そんなこと訊かれても困るっての」

「アヤ……」

誰にも告げたことのない話だった。友人にも、付き合った彼女にさえも。一度誤魔化されてからは、母親さえ問い詰めたことがない。

それは、自分の中で消化できずにいた、触れるのを恐れていた問題だった。

リインと自分は、そういう意味では少しだけ似ているのかもしれない。

「でもな、最近はまぁ親父が外国人でもよかったかって思うんだ」

「よかったって……どうしてだ？」

「おかげで判るからさ。親父が俺を嫌いじゃなかったこと。一緒に暮らしてた時期があるんだろうってことも。でなきゃ、こんなに自然に英語が話せるようになるわけもないしなぁ。親父はよっぽど俺に話しかけてくれていたんだろう」

それから、ぼんやりと残っている背中の記憶。顔は一つも覚えていないけれど、おんぶで山を駆け下りたときの、あの広い背——

「会えるものなら会ってみたい気がする。けど、どこにいるかも判らない。死んでるかもしれねぇ。リイン、おまえの親父さんは会えるところにいるんだ、会いに行ってもいいんじゃないのか？」

地上の眺めに目を向け戻したリインは、しばらく黙り込んだ。『そうしよう』なんて簡単に心変わりできる話でないのは判っている。元より、リインに強制したつもりもなかった。

やがて気を取り直したような声が小さく響く。

「ダイチ……そう言ったな、おまえの父親の名は」

言葉に綾高は首を捻《ひね》った。

「え？　大地は俺の名だけど」

「おまえの名前はアヤタカじゃないのか？」

「それはファミリーネームで、ファーストネームは大地だ」

「ダイチ……おまえの名か。名づけ方がまるで違うのだな、日本は。この辺りでは普通、名前の後に続くのは父親の名だ。私の名の中にあるファルハマドは父の名で、イブンとはその息子を意味する」

初めて知った。イブンやビンは教えられた名によく入っていたが、多い名前だなぐらいにしか思っていなかった。

「へぇ、面白いな。アラブじゃ一度に親父の名前まで覚えられてしまうってわけだ」

「はっ、確かに。そう考えると面白い、異文化には驚かされることがたくさんある」

気が抜けた笑いをリインが発し、綾高もそれを受けて笑った。

二人して少しの間、笑みを零し合う。

不思議な感じだった。ほんの二カ月まで知らない相手で、地球の裏っ側近くの名も知らない島に暮らしていて、出会ったのがおかしいくらい遠い存在だったのにこうして傍で笑い合っている。

一緒に砂漠を見つめ、星を仰ぎ、抱き合う。

ふっと笑いが途切れたかと思うと、腕の中のリインが身を捩った。振り仰がれて目が合う。

胸を鋭く突かれたような苦しさが不意に湧き上がってきて、綾高は痛みから気を逸《そ》らすように言った。

「寒くなってきたな、そろそろ帰るか。あんまり遅くなったらサイードも心配するだろうし……」

寄り添っていた身を離すと本当に寒い。

立ち上がりかけた綾高は、手を取られて眼下を見下ろす。

「アヤ」

「ん？」

引っ張られた。リインは一方の手だけでなく両腕を摑んできて、なんだか判らず引き寄せられるままに身を傾《かし》げた綾高は、驚きに目を瞠らせた。

柔らかなものが唇に触れる。

伸び上がったリインは軽く首を傾げるようにして目を閉じ、綾高の服を硬く握り締めながらその唇を強く押し合わせてきた。

◇　◇　◇

強い海風に、リインシャールはゴトラの裾を首に回し直した。

港町であるハリージュの高級ホテル街には、カトラカマルで最高水準の医療を提供しているホスピタルがある。白く連なる病棟に、青い屋根の礼拝堂。海岸際に立つ病院は、さながらリゾートホテルのような外観で、エーゲ海のサントリーニ島の街並みのようでもある。

眩《まばゆ》いばかりの白と青のコントラストに目を細めながら、リインは中へと入った。明るく開放的な病院だが、最上階のフロアに辿り着くと空気が一変する。エレベーターを降りてすぐから物々しい警備員がずらっと待ち構えており、訪れる者の行く手を有無を言わさず遮る。

黒い制服姿の屈強な男たちは、リインの顔を見ると息を飲んだ。狼狽《ろうばい》した様子で最奥の病室へと案内し、ドアをノックする。

「失礼いたします。リインシャール殿下がお越しになられました」

部屋に設えられた華やかな調度品は王宮のサロンのようだが、奥の窓辺のベッドは病室以外のなにものでもない。半身を起こしていた男がこちらに顔を向け、リインは数メートルほど手前まで歩み寄った。

「陛下、ご無沙汰いたしております」

「リインシャール……」

深々と腰を折ったリインに、男は重そうな目蓋の目を見開かせる。

「なにかあったのか?」

「いえ、お加減がよろしくないと聞き、お見舞いに伺わせていただきました。事前の知らせもなしに申し訳ありません」

「……そうか。いや、よく来た」

突然の見舞いに父親が驚くのも無理はない。花や見舞いの品を儀礼的に贈るだけで、特別な用もない限りリインは病院を訪ねようとはしなかった。

昨夜の綾高の言葉に背中を押されたのは事実だ。けれど、病床の父親を前にしても、やはりかけるべき言葉は見当たらない。会話もし辛いほど離れた位置で、直立したリインはただ男を見るばかりだ。

もう長い間、父と呼んだこともない。二人の仲はもう、冷え切っているとすら言えないほど赤の他人に成り果てている。

「こちらへ来て座ったらどうだ」

「……いえ、私はここで結構です。陛下のお体に障るといけませんので」

ベッドの傍らのスツールを示され、リインはやんわりと拒んだ。幼い頃はあれほど傍に近づきたいと思った父の元だが、今は距離を縮める勇気はもうない。

「そうか……おまえは元気そうだな。しばらく見ない間にまた成長したようだ」

「ありがとうございます。陛下も今日はお加減がよろしいようで、安心いたしました」

一辺倒に形ばかりの返事しかしないリインに、父親は一時口を閉ざしてから開いた。

「……おまえはますます母親に似てきたようだ。髪も眸も、その顔立ちすべて」

リインは言葉を失い、表情を強張らせた。母と容姿のことに触れられてはなにも返せず、二人きりの病室に嫌な沈黙が流れる。

嫌みなのかと思った。

ついと父親は窓に視線を移す。壁は床から天井までガラス張りになっており、青きアラビア海が一望できる。午後になっても差しつける日差しのない穏やかな部屋で、父親はまるで白波を数えるかのようにじっと海上を見据え、ゆっくりと話し始めた。

「おまえも知っているだろうが、あれに私が出会ったのはヨーロッパへ留学していた十代のときだ」

リインは戸惑いながらも応える。

「……はい、母上から聞き、存じ上げております」

「イギリスの大学に入学したんだが、どうしても馴染《なじ》めなくてな。帰りたいばかりの私を叱《しっ》咤《た》して、なにかと世話を焼いてくれたのがおまえの母親だった」

それは初めて聞いた。学生同士、異国で気が合ったのだろうぐらいにしか思っていなかったリインは、詳しい馴《な》れ初《そ》めまでは知らない。

「最初はなんと無礼な女だと思ったもんだ。しかし優しさを知るに連れ、私は恋に落ちた。あれも好意を持ってくれて、すぐに付き合い始めたんだが……私は卒業するまでの関係と割り切っていた。理由は立場もある。だがそれ以上に、異国の環境が気持ちを盛り上げているのだろうという思いがどこかにあってな。あの頃はまだ、国に戻って国の女と結婚することに、なんの疑問も感じていなかった」

　ささくれたように乾いた色のない唇が、小さく苦笑う。

「予定どおり私は国に帰ると結婚し、子供を設けた。けれど、なにかいつも心に足りない気がして堪らず、二人、三人と妃《きさき》を増やした。その頃になってようやく気づいた。私はどうしてもあれのことが忘れられないのだと……私は手紙を何通も書き、ついには気持ちを抑えきれずに会いに行った。妃になってほしいと頭を下げ、あれは受け入れてくれた。根負けでもしたのだろう」

　何故急にそんな話を始めたのだろうと、リインは少なからず疑問を持っていたが、口を挟む隙はなかった。語る横顔を見るだけで精一杯で、上手《うま》く言葉がでなかったというのもある。

　母が根負けしたのだとは思わない。そもそも別れてそれほどの時間が経《た》っても母が一人身でいたこと自体、目の前の男に心を残していたからなのではないか。

　反応できずにいるリインを前に、言葉は独白となって続く。

「私は大切にすると約束した。だが、異国から来た異教徒の妃に周りの目は厳しかった。あれやおまえがどれほど辛い目に遭わされたかは、私も一部しか知り得ていないだろう。私は怖くなって、おまえたちを遠ざけた。そうすることで守れると思ったのだ。私がおまえたちに深く愛情を傾けなければ、ほかの者たちの気も少しは静まるだろうと」

急にもどかしげに布団を叩いた拳《こぶし》に、リインは少しばかりびくりとなる。病人の痩せた手は上掛けを固く握り締め、男は頭を垂れた。

「……私が悪かったのだっ。添い遂げたいのはエミリーだけだったということを、私は十年も過ぎてからエミリーを呼び寄せたことによって皆に知らしめてしまった。私の我儘《わがまま》が……皆を振り回し、不幸にした。あげくに皆もエミリーもう……」

深く俯《うつむ》いたまま、父親はリインに呼びかけてきた。

「こちらへ来てはくれないか」

「……いえ、私は……」

「リインシャール、頼む」

しばし迷った後、リインは男の元へ歩を進めた。恐る恐るといった具合で、ベッド脇の四角い白い革のスツールに腰を下ろすと、父親は顔を起こして言った。

「五年前の事件……私の命を救ってくれたのはおまえだ」

「え……?」

「私はあのとき会場にいないおまえが気になってならなかった。周りに尋ねても、到着が遅れているだけだろうとしか返事はなく……私はどうしても気がかりで、会場を抜け出し、駐車場へと向かったのだ」

「陛下が……私を探しに？」

「おまえがどれほど真面目《まじめ》で、けして遅刻などしない人間であるかは知っていたつもりだ」

言葉に驚くリインの元へ、ふらっと手が伸ばされる。

「リインシャール、我が息子……エミリーの子よ」

幼い頃、触れるどころか遠くから眺めることしかできなかった父の手。

リインは微動だにしなかった。できなかった。恐れに身を引きそうになるのを堪えるので精一杯で、僅かな笑みを浮かべることすらできず、ただ父の手の行方を肌で追った。

白い布製のゴトラの縁を躊躇うように掠めた指先は、やがて頬へと触れる。荒れてかさついた指先。けれど手のひらは冷たくはなかった。温かい。リインの小さな顔を包み込み、ゴトラの内に隠した金色の髪に梳《す》くように触れて、そっと離れた。

「すまなかった。許してくれ……私を許せとは言わない、どうか……皆を許してやってくれ……許してくれ、息子よ」

病室に響く父の震える悲痛な声に、リインはただ一言言葉を発した。

「……どうか顔をお上げください、父上」

病室を出たリインは、サイードが待つ車へと向かうべく階下へ下りながらも、後ろ髪を引かれる思いで父親のことを考えた。

まともな会話ができたとは言い難い。結局、リインは驚くばかりでほとんど反応を返せないままだった。

けれど、初めて父親の本音を聞いた。

初めて、父に息子として扱われた。

気が抜けたようにエレベーターの壁に背を預ける。まだ僅かに感触の残っている気のする頬へ、リインは手をやった。

父の気持ちは、母には伝わっていたのだろうか。自分が生まれて八年も過ぎてから、弟アミルが誕生したのがその証拠だと思いたい。

今度はアミルを連れて見舞いに来ようと、素直にそう思えた。

アミルも不憫《ふびん》な子だ。姿形は周囲に馴染めても、物心つく前に母を亡くして、その腕に抱かれた記憶さえない。優しい気のつくメイドたちに囲まれ、自分の不幸さえ知らずに過ごしているけれど、もうそろそろ違和感も覚え始める年頃だろう。

しかし、アミルの天真爛漫さであれば、国王である父親ともすぐに打ち解けられるに違いない。

今の多忙な時期が過ぎ去れば、すぐにでも——

前向きに考えるリインの口元にはうっすらと笑みが浮かぶ。一階に辿り着いたエレベーターの扉が開き、頬を緩めたまま降り立とうとして、リインは脇から響いた声に顔を強張らせた。

「これは驚いた。リインシャール殿下じゃありませんか！」

「……ラティーフ殿」

偶然出くわすとは思ってもいない男だった。

エレベーターに乗るつもりで待っていたのだろう。歓迎せざる男は、にやけた不快な笑みを見せて近づいてくる。

「さては陛下のお見舞いですか？　殿下は見舞いはなさらないのかとてっきり」

「……少し時間が取れたので来たまで。噂によると、あなたは随分と頻繁にいらっしゃっているようだ。ご機嫌取りには余念がないといったところですか？」

冗談めかして言ってやると、『はははっ』と男は通路を過《よぎ》る看護師も振り返る笑い声を立てた。

「死にゆく者の機嫌を取ってどうする。私はあなたと違って礼を欠かないだけですよ」

肩を叩くつもりか、不意に伸びてきた手は寸前のところで引っ込んだ。

「おっと、馴れ馴れしく触れては鞭打《むちう》ちでしたな。怖い怖い。たとえその御身が亡骸《なきがら》になっても、触れるのは罪に当たるのですか？」

「……どういう意味だ」

「いえ、好奇心で知りたくなっただけのこと」

繕うラティーフは一礼したが、閉じそうになるエレベーターに乗り込む間際、捨て台詞《ぜりふ》でも聞かせるかのように言った。

「相変わらず美しい眸だ。私は宝石はなによりサファイアがいい。機会ができれば、殿下のその両目にも是非とも触れてみたいものです」

形ばかりの礼をする男の目は笑っていない。スーツの胸に当てた不格好な手には、悪趣味な青い宝石の指輪が光っている。

リインが言い返す間もなく扉は閉まった。

「……どこまでも不愉快な男だ」

気を取り直して病院の出口を目指したものの、エレベーターを降りる前の安らいだ心は戻ってこない。忌々《いまいま》しい男に覚えたのは、怒りよりも不穏ななにかだ。

表に出ると、吹きつける海風に体がぞくりとなった。

「殿下、無事にお会いになられましたか？」

とてもいい見舞いだったとは思えぬ顔をしたリインに、車から降りてきたサイードは心配そうな表情を見せる。ここに残って待てと言い渡したのは自分だ。

「ああ……思ったよりも元気にしておられた。話はできた」

リインは、やや無理のある微笑みを浮かべる。サイードが扉を開けた車の後部シートに乗り込むと、中から同じく心配げに見ていた綾高と目が合った。


その日も朝から空は高々と青く広がっていた。

スフラシュカルから車であれば三十分ほどの新国際空港に、綾高はリインのボディガードとして砂漠の宮殿からヘリで到着した。

だだっ広い砂漠の中の空港は、近づいてくるときには蜃気楼《しんきろう》でも見ているかのような気分にさせられる。まさに国の玄関口に相応《ふさわ》しい、美しい空港だ。外観は比較的シンプルだが、内装はガラスを多用しており、複雑に折り重なるように組まれた高いガラス天井は、まるでダイヤモンドの輝きで訪れた人間を魅了する。

午前中の開港記念式典に合わせ、朝からぞくぞくと詰めかけている列席者たちも、天井を仰いでは溜め息をついていた。

そんな中、探し当てた人物に綾高が近づくと、男はぎょっとした目でこちらを見た。

「ラティーフさん」

「……馬鹿、ここで話しかけないでくれ、君との繋がりがばれては不味《まず》い」

シルバーグレーのスーツに女性のスカーフのようなカラフルな柄のネクタイを身につけた

男は、声を潜めてあからさまに嫌な顔をする。そのまま人混みに逃げ込もうとする男を、綾高はショッピングモールへと続くエスカレーターの陰で捕まえた。

「待ってください、話があって探してたんです。あの話、やっぱり辞退させてもらいます」

「辞退？」

「式典で騒ぎを起こして、混乱に乗じて日本に帰るって話」

「なんだ、今更怖気《おじけ》づいたのか？　せっかくここまでお膳立てしてやってるってのに。パスポートは持って来たんだろう？　空港の駐車場におまえを港まで運ぶ車が待っている。手はずどおり、騒ぎの間にBゲートから出れば……」

男は言葉を途切れさせた。綾高が胸元に偽造パスポートを押しつけたからだ。

「これは返す」

「おまえ、正気か？」

「諦《あきら》めたわけじゃねぇけど、俺は俺のやり方で日本へは帰るよ。この空港は……リインの特別に思い入れのある事業みたいでさ。あいつはここから真剣に国を変えようと思ってる。そんな大事な空港の開港式で、俺は狂言でも問題を起こすわけにはいかない」

遥《はる》か高みに見えるガラス天井に視線を送りながら、綾高はきっぱりと言い切る。

迷った末に決めたことだ。帰るのを諦めたわけじゃない。けれど、どうしてもリインの足を引っ張る気にだけはなれなかった。

『私はこの国を立て直したい』

寝室で月光の窓を背にリインの語った言葉。

特に力を込めるでもない、普通の声だった。それは今に始まったことではなく、リインがずっと抱いてきた、これからも抱き続ける国への思いだからこそだろう。

「思ったほど賢くないようだな、日本人は」

ふうっと聞こえよがしの溜め息が響いた。

ラティーフは返したパスポートを表紙が折れるほどに握り潰《つぶ》し、さも忌々しげに言った。

「ほかにどんな方法で帰るっていうんだ？　ラクダで海も渡るか？　オマーンまで五百キロ泳ぐか？　パスポートもなしにどこへ行けるっていうんだ⁉」

「判ってる。でも決めたんだ」

「島から出ることだってできやしないぞ！　おまえ一人でなにができる⁉　コレを作ったのも、帰国ルートが押さえられたのも、全部私のおかげじゃないか！　それを全部無駄にする気かっ、一回きりのチャンスだと言ったのを忘れたかっ⁉」

「判ってる！　判ってるさ、あんたのおかげでここまできた！　感謝してる。でも今日はやらない。だから頼む、式典で騒ぎを起こすのは中止してくれ」

明らかに言い争いとなった二人に周囲の目が向く。空港内を歩く客たちの注目を浴び、撮影をして回っている報道陣らしきグループも振り返り、顔を伏せたラティーフは後ずさってその場を離れようとした。

「ラティーフさん、ちょっとっ、中止はっ……」

「もう遅い。計画は始まっている」

「あんたが止めればいいんじゃないのか？　誰に実行を頼んだんだ？　どこにいる？　教えろ、俺が止めさせる」

「……一応伝えておくよ、私から」

急に手のひらを返したように大人しい返事が寄こされたが、周りの好奇の眼差しを気にしてそう応えただけとしか思えなかった。

そもそも、なんだってそう意固地になるのか判らない。自分を逃がしたところで、バレればリインの機嫌を損ねるだけだろう。

——あいつはリインと仲良くしたいんじゃなかったのか？

追いかけたものの、ラティーフはあっという間に人混みに紛れて逃げ去ってしまい、綾高は首を捻る。ずっと親日家の親切心から自分に手を貸してくれているのだとばかり思っていたが、様子がおかしい。

気になったけれど、あまりもたもたと探している場合でもなかった。午前十時の式典の時間が迫っている。

綾高はラティーフを見つけ出すのを諦め、とりあえずリインが控室にしている貴賓室へと向かった。式典会場が設置されている出発ロビーを一望できる、上階の特別室だ。眺めは空港というよりスタジアムで、高い位置にあるガラス張りの部屋からは、千人を超える列席客も報道陣も、遠巻きにする一般客の姿もすべて見渡せる。

その快適な部屋も、もうリインは出る時刻だ。焦り気味に綾高は中へと入り、迎えたのはリインの小言でもサイードの冷ややかな眼差しでもなく、なにやら重苦しい雰囲気だった。広々とした部屋の中央、応接セットの辺りには人だかりができている。なにをやっているのか知らないが、貴賓室にはパソコンやら大型の機材やらが複数持ち込まれており、朝から騒がしかった。

なにか問題でも起こったのか？

訝《いぶか》る綾高は、勢揃いしたボディガードたちの輪の中に久しぶりの顔が見えるのに気がつき、驚いて声をかけた。

「スハイム！　体調よくなったんだな、ずっとぐずついて休暇を取ってるって聞いてたけど……」

自分が身辺警護に加わるきっかけとなった男だ。あれからずっと宮殿は離れたまま、スフラシュカルの実家で静養していると聞いていたが――

今日の警護は一人でも多いほうがいい。快癒して戻ったのだとばかり思い、人を分けるようにしてスハイムの姿を確認した綾高は、驚愕《きょうがく》に目を見開かせた。

浮かべた笑顔が凍りつく。

スハイムが腰を下ろしているのはソファではなく、車椅子だった。

「一体どういう……」

大きな体で窮屈そうに車椅子に座る男の肩に白い手を置き、リインが静かな声音で言う。

「スハイムはボディガードを辞めるそうだ。退職したいと正式な申し出があった」

「なんで⁉」

「後遺症で足が震えて立てないらしい。リハビリには一年かかるという医者の話だ」

肩を落とした男は身の置き所ない様子で項垂《うなだ》れ、沈痛な面持ちで口を開いた。

「殿下、申し訳ありません。今日のような大切な日にもお役に立てず、お傍を去ることになるとは……」

見守る男たちの中で、綾高がもっとも納得できていないに違いない。そんな大事になることではなかったはずだと、リインに詰め寄る。

「こ、後遺症って……ただの食あたりじゃなかったのかよ⁉」

「毒物による中毒症状だ。詳細な薬物検査の結果もようやく返ってきた。混入されていた量から言えば、命を落とさなかったのが奇跡なぐらいだ」

「毒……」

まさかと思った。

「スハイム、今までよくやった。しばらくは体を治すことだけに専念するといい。安心しろ、おまえとおまえの家族の生活は私が保証する」

「殿下……ありがたきお言葉、痛み入ります」

車椅子から降りて平伏さんばかりに男は深々と頭を下げ、リインはその場を離れて戸口のほうへと向かった。

「リインっ、ちょっと待て！」

「式の時間だ。海外の来賓ももう着席している」

「毒ってどういうっ……スハイムが病院行きになったのは俺がボディガードに……」

自分が代わりにボディガードに加わり、この場へ来るために仕組まれたことではなかったのか。

帰省中のレストランでの食事で食あたりを起こしたと聞いていたから、計画的にしても古いものか下剤でも密《ひそ》かに入れたのだろうとしか思っていなかった。

致死量の毒――じゃあ、最初から殺すつもりで？

自分をボディガードに加えるためだけに、安易に殺人を犯そうとするなんて信じられない。

呆然《ぼうぜん》となって立ち竦む綾高の周りを、皆ぞろぞろとリインに続いて部屋を出ていく。

食事に混入された毒。なにかが引っかかった。

ずっと釈然としないでいたこと。リインが外食になると神経質で、ときに不機嫌にさえなり、かと思えば自分の食べ残しに手を出してきたわけ――

「アヤタカ、時間です。まいりましょう」

先を促すように背に触れてきたのはサイードだ。

「サイード！　あ、あんたは知ってるんじゃないのか？　あいつがいつも外で飯を食いたがらない理由！　誕生日パーティのときもそうだった。あんたや俺と一緒のときでも、リインは急に嫌気が差したみたいに食べなくなって……」

「殿下は何度かお命を狙われているのです。食事に毒を入れられてからは用心深くなられ、信頼のおけるレストランだと判っていても食事が進まないこともおありになります」

それは用心深くなったというよりも、最早トラウマに等しい。

「アヤタカっ！」

動けずにいた綾高は、サイードの制止を聞かず部屋を飛び出した。先を行くリインを追いかけ、周囲を固める男たちを押しのけて、エレベーターの前で捕まえる。

「リイン、おまえ前にラティーフの家の飯が不味いって言ってたよな？　あれは、どうしてだ？　スハイムみたいに毒を盛られたからじゃないのか⁉」

リインは煙たげにこちらを仰いだ。畳みかけるような問いにも動揺した様子はなく、ただ淡々と応えた。

「タリウムだ。あいつは私をただの風邪を拗《こじ》らせたと見せかけて殺そうとした。どこで仕入れた知識か知らないが、あいつはやけに毒に詳しくてな。おまけになかなか尻尾を摑ませてくれないものだから厄介だ。腐っても王族、根回しの当てだけは心得ている」

「し、式典に出るのはやめろ、リイン。あいつはたぶんおまえになにかするつもりだ」

そういえば顔色を変えると思った。身の危険を感じれば、焦って話に真剣に耳を傾けてくるだろうと。

けれど、リインは眉一つ動かさなかった。高慢さゆえに人の話を聞かないのではなく、粛粛とした空気がその顔つきにも振舞いにも漂っていた。

公の場に出るときはいつもそうしているように、ゴトラをきつく首に回しかけ、金髪を覆い隠したリインの声に乱れはない。

「私がこの式典に出ないわけにはいかない。心配するな、警護は完璧だ。ボディガード以外にも今日は多数の警備員が配置されている」

「完璧なもんか！　おまえは誰も信用できないから、こいつらだけをいつも連れて歩いてるんだろう？　それに、俺はあいつに嵌《は》められたんだ！　いや……共謀したんだよ。大がかりな危険物は無理でも、小さなものならいくらでも警備の目を搔《か》い潜《くぐ》って持ち込める！」

「……おまえの話は後で聞く。時間がない」

リインは綾高の顔に一瞬見入ったが、エレベーターが到着したのを察すると、するっと視線を逸らして背を向けた。

ボディガードたちも後へと続き、引き止めようとする綾高を数人が遮る。

「リインっ、行くな！」

「邪魔をするなら縛り上げるぞ。私の身を案ずるなら、おまえはおまえの役目を果たせ」

今自分にできること。それはリインの警護に加わることにほかならなかった。

綾高はもどかしい思いを味わいながらも、皆と一緒に階下へと降りる。

出発ロビーに作られた式典会場は、舞台もそれなりに広く、列席者のために椅子を並べられたスペースは最後尾が小さく見えるほどだ。右手には各航空会社の手続きカウンターやら搭乗口が並んでおり、式典会場と周囲を隔てるのは衝立《ついたて》や幕ではなく、ぐるっと囲んだポールパーテーションだけだった。

席の前列は要人ばかりだ。周辺のアラブ諸国からの来賓も多く、リインが欠席するわけにはいかないのは、取り囲む報道陣のものものしい雰囲気からも察せられた。

——だからこそ、この場をあの男は選んだのだ。

舞台の袖から綾高は懸命に不審者に目を光らせたが、それらしき人物はいない。司会による開式の辞に始まり、式典は関係者の挨拶、来賓の挨拶へと続く。テープカットの前に挨拶を控えているリインは舞台に設けられた席に着席してるが、何事も起こる気配はない。

けれど、厳粛に式が進行する中でも、綾高は危機感を募らせていた。

自分はもっと疑いを抱くべきだった。ちらつかされた帰国という餌に安易に飛びついた。

すべては今日の危局を暗示していたにもかかわらず――

最初から言っていたじゃないか。あの男自身も、リインとは国の政策の方向性が合わないと話していたというのに。

リインはこの国を沈みかけの船だと言った。その船から宝を持ち出し、私利私欲を肥やそうと焦っている輩《やから》も数多くいると。拠点を世界へと移し、ビジネスが優位に働くよう利用できるものを利用する――それはまさにラティーフのような実業家ではないのか。

リインがいなくなれば、弟のアミルが王位を継ぐことになる。幼い王子の後継者とまではいかなくとも、取り入って慕われていればなにかと都合のいいこともあるだろう。

リインさえ、消えれば――

暗殺。

綾高はもう確信していた。

舞台袖がにわかに騒がしくなり、どきりとなる。テープカット用の青いリボンを準備している女性たちだ。高らかなファンファーレを鳴らすべく、大きな管楽器を手にした軍服姿の若者たちも現われ、列席者は姿勢を正した。

司会の言葉を受け、ついにリインがすくりと席を立つ。

まるで臆した様子もなく、若き王子は舞台中央のマイク前に向かった。

「多くの者の努力により、今日この日を迎えることができたのを私はとても嬉しく思う」

マイク越しのリインの一声は、ロビーの隅々まで響いた。

スピーチが続く。舞台袖の反対側にいるサイードをちらと見ると、目が合った。ほんの一瞬だったが、サイードも何事かが起こる気配を感じ取っている気がしてならなかった。

なにかが式場の座席の後方で光ったのは、ちょうどそのときだ。

確認し辛いほど後ろだった。席ではなく、周囲の一般客の人垣からかもしれない。

あっと思ったときには、綾高もサイードも周囲にいたほかのボディガードたちも一斉に舞台に飛び出していた。悲鳴が上がる。前列の来賓客の女性だ。ボディガードたちの一部が懐からおもむろに振りかざした銃に、ざわめきは瞬く間に式場全体……いや、ロビーいっぱいに達した。

綾高は目を凝らした。

きらきらと瞬く怪しい光。舞台に飛び出しながらもなにかが違う気がした。

違う。あれは――

「ペットボトル……」

高々と後方の客たちが掲げたのは、どうやって持ち込んだのか大きなペットボトルだった。

抗議運動でメガホンのように打ち鳴らしていた、あの空のペットボトルだ。

「あれじゃない、あれは違うっ！　あれはただのペットボトルだっ!!」

「銃を下ろせ、皆撃つなっ！」

サイードがすぐに反応し、皆を止めに入った。

混乱の中で、リインに目を向けようとした綾高は、どこかでまた僅かな光を感じた。式場の後方ではなく、もっと遠いどこか。遠くて、高い。

頭上。

遥か高みの天井の先に、綾高は人影を見た。

組まれたガラスの中、恐らくキャットウォークがある辺りに黒く蹲《うずくま》った影がある。光は影の伸ばした手の先でちらついていた。

サイードを呼ぼうとして声がでなかった。視界の隅にボディガードを制止しているその姿を捉えるのが精いっぱいで、綾高はものも言えないまま舞台中央へと突進した。

誰かに話している余裕などない。あれは、銃のスコープが無数の照明を反射している光。

間に合わないと思った。

撃たれる。

引き金が引かれる一瞬だけは、生々しく想像できた。綾高が真っ直ぐに見つめ、なにもかもかなぐり捨てるように無我夢中で目指したのはリインの元だった。

舞台の前方からやや身を引きながらも、リインはその場を去ろうとはまるでしていなかった。騒ぎが静まるのを、逃げ隠れもせずに待っている。そんな姿を馬鹿だと思うと同時に、リインらしいと感じた。

それから、今やもうなんの疑問も挟む余地もないほどに、リインを理解している自分がいるのを感じた。親しくもない、判りたくもないと思っていた、砂漠の尊大な王子のことを。手足を懸命に動かし、リインの元へ急いでいるのに、妙に冴えた頭には嘘みたいに様々な記憶がよぎっていた。

自分のこと。

この国での日々。

あまりにも鮮明にゆったりと思い起こされる記憶の数々。

――もしかして、自分はここで死ぬのか？

ふっと上った疑問にも、綾高は少しも恐れは感じなかった。

それなら、それでもいい。

あの砂漠の丘に二人で立ち、言葉にしないまま共有した感情。戻りかけた自分を引き止めてきた声は今も耳に響く。

『アヤ』

あのとき唇に与えられた感触。移し合った熱。互いに気づかない振りをしても知っている。

なぁ、おまえも同じ気持ちなんだろう？

おまえも――

「リインっっ‼」

指先が触れる。振り絞った声と共に、衝撃が身を貫いた。それはまるで誰かにほんのちょっと突かれたような、そんな柔な感覚でしかなかったのに体は崩れていた。

突き飛ばしたリインは床に転がり、綾高は撃たれた腹部を押さえて蹲った。反射的に押さえた両手の下からどっと血が噴き出し、白い民族衣装を赤黒く染める。一瞬の間に座っていることすらできなくなり、綾高はその場に倒れた。

銃声が聞こえた。舞台の左右から。意識が遠ざかり傾いでいく視界の中で、天井のガラスの一部が割れる様を見た。

光が舞っていると思った。

ダイヤモンドだ。美しい宝石の煌《きら》めき、あるいは月の光。この国に来てからずっと感じていた、強く強く燦々《さんさん》と輝く太陽。

それから。

金色に揺れる——

「アヤっ、アヤっっ!!」

誰かが飛びついてくる。無意識に手を伸ばした綾高は、赤く染まった指でその男の被った頭巾の裾を縋るように摑んだ。

ずるりと内帽ごと脱げ落ちたゴトラの下からは、金色の光が現われる。

「おまえはっ、おまえはなにをやってるんだっ!!」

「ああ、リイン……またやってしまった。ごめんな、おまえの頭巾……」

蒼《あお》く血の気の抜けていく唇で、綾高は薄く苦笑いを浮かべた。


「アヤっ、アヤタカっ、しっかりしろっ!! なんでこんなっ……おいっ!!」

リインシャールの必死の呼びかけにも、見下ろす男の体は応えることなく、次第に生気が失せていくのを感じた。

色をなくしていく。その肌からも唇からも、いくら懸命に腹部を押さえても指の間から溢れ出ていく血液のように。

人の声が聞こえる。右からも左からも。それぞれが叫んでいて、耳に入る声が多過ぎてなにを言っているのか判らない。狙撃者を狙い撃つ銃声は止んでいたけれど、代わりになにか規則的にリズムを打つ音が聞こえた。ドクドクと脈打つ鼓動のように鳴り響き続ける。

さっきからずっと現実感は遠く、目の前の出来事は夢でも見ているかのようだ。

五年前と同じだった。五年前のテロ事件。立ち往生した車の中でリインがその知らせを聞いたのは、爆発から少し経ってからだった。

一報はサイードの携帯電話へと入った。ようやくその場に到着したリインが目にしたのは会場ではなく、『会場だった場所』だった。想像を絶する光景が広がっていた。母の亡骸を

腕に抱くどころか、最後の姿を目にすることすら不可能であると悟った。

悪夢だ。

あのときも思った。これは現実なんかではないと。

「目を開けろアヤタカっ、ダイチっ、ダイチっ!!」

「担架がまいりました。救急車も出口に待機しております……殿下」

肩に手をかけられてはっとなる。サイードの言うとおり、傷ついた綾高を乗せるべく舞台に担架が運び込まれていた。

促されて身を離す。思うように体が動かず、サイードの手を借りて立ち上がった。

「殿下、早くこちらへ」

舞台袖の人目につかない場所へと導こうとする男に、放心して肩を抱かれるまま歩き出そうとしたリインは式場の客席に顔を向ける。

ボディガードたちが狙撃者と応戦し、その身柄の拘束に向かったようだが、もうなにもかもがメチャクチャだった。

式典会場から散り散りになって逃げた者。その場に留まり腰を抜かしたように座っている者。それから、集団でこちらへ向かって野次を飛ばしている者たち。

鼓動のようにずっと鳴り続けている音は、ペットボトルが打ち鳴らされている音だ。報道陣はここぞとばかりにカメラを回し、開港式典は惨事からデモ運動の場にでも変わってしまったかのようだ。暗殺騒ぎに便乗し、これ幸いとばかりに王政への不満を喚《わめ》き散らしている。

「……殿下？」

袖に引っ込もうとしていたリインは、サイードの腕を解いた。外へと運ばれていく血まみれの綾高を視界の端に収めながらも、傷ついた男を追いかけるのではなく、舞台の中央へと戻るのを選ぶ。

倒れたマイクスタンドを起そうとして止めた。

リインは声を限りに叫んだ。

「静まれ、この愚民どもがっ‼」

血に染まった手のひら。目にすれば走りそうになる震えも、拳を作るとふつふつと湧く強い感情が打ち消していく。恐れも哀しみも、抱いた責務の前には感じない。

「おまえたちは、いつまで沈みかけの船に夢を見ているつもりだ！」

「殿下っ！」

「目を覚ませ、カトラカマルの民よ！」

国の抱えた秘密を皆まで話してしまうのを懸念したのだろう。リインは止めに入ろうとするサイードを押しのけた。

「石油が世界のエネルギーの中心となってまだ百年と経っていない。しかし、永劫に続く資源ではないことは、おまえたちも知るとおり。石油はこの乾いた大地に与えられた夢に過ぎない。夢はいつか冷める。しかし人の命は続く、人は生きていかねばならない。この国がたとえあと五十年……いや百年、二百年と潤ったところでなんになる？　今ここにいる命を繋ぐには充分な期間だ。だがそれは永遠か？　あとになにが残る？　おまえたちは、息子やそのまた息子、子々孫々を路頭に迷わすつもりか！」

リインは肩の辺りに纏《まと》わりつくように残っていたゴトラを掴み、床に叩きつける。

金色の髪を靡《なび》かせるように揺らし、青い眸で射るほどに強く眼前を見据えた。

「我が名はリインシャール・イブン・ファルハマド・アル・カトラカマール。カトラカマルの国王ファルハマドの息子、リインシャールだ」

その名に覚えるは誇り、父への敬愛の情。

「我々の名には父の名が刻まれている。おまえたちは、愛する子に愚か者の名を背負わせるつもりか！」

何者も恐れない。屈しない。漲《みなぎ》る覚悟こそが、この国の王子であると唯一自らを認めることのできる証。

空港ロビーは式典会場も周囲も、いつの間にかシンと静まり返っていた。リインの声だけが凜《りん》と響く。

「誇り高く生きよ！　そして私に従え、私を敬え！　私はこの国の王となる者。己の民の未来を守れぬような愚か者ではない」

綾高の視線の先には白い部屋と、読めない文字のシールがパックに貼られた点滴のスタンドと、それから硬い表情で自分を見下ろす男の顔があった。

「おまえ、三日三晩眠っていたんだぞ」

傍らの椅子に座ったリインの顔は、随分久しぶりに見る気がする。

「また妙な薬でも打ったんじゃないのか？」

冗談を交えた軽口にも相手はにこりともせず、もちろんツッコミは返ってこなかった。

「……悪かったよ、心配をかけたな」

ベッドの上の体は、まだ満足に動かしたりはできない。

スフラシュカルのこの病院で綾高が目を覚ましたのはつい数時間前で、日付も変わろうかという深夜だった。

三日前、瀕死の状態で担ぎ込まれたことを、医者からの説明で知った。すぐに手術に入り大量の輸血をしたことや、このまま長期の入院が必要であることも。

いわゆる重体だ。腹に風穴が空くなんて、体もびっくりする。平和な日本では便座の蓋が勝手に開閉することはあっても、銃弾を浴びるなんてのは滅多に起こり得ない事態だ。

——などと怪我人が一人ボケた考えを抱かずにはいられないのは、偏《ひとえ》に目の前の存在に落ち着きをなくしているからにほかならない。

日本的にいうところの草木も眠る丑三つ時。深夜二時も回ったような時間に、まさかリインが宮殿からわざわざ来るとは思わなかった。

サイードが車を飛ばしたらしい。

「随分無茶をしたものだ。私の身代わりに撃たれるなんて、冗談じゃないんじゃなかったか？　まさかサイードが突き出したわけではないだろう」

表情が明るくないのはこんな時間だからか、その場を知っているからだろうか。

綾高は、撃たれた瞬間のことは正直あまり覚えていない。ただ懸命にリインの元へ走り寄ったことだけ……あの瞬間の切迫感と、自分の身を呈してでも救いたいと思ったことだけは覚えている。

「それが俺の務めだろう？　おまえのボディガードに加わったからには……いや、違うな。撃たれたのはおまえを守ったんじゃなく、自分で招いた災いだ」

「アヤ？」

「……すまない。式典であんなことが起こってしまったのは、俺が結果的に暗殺の手引きをしてしまったからなんだよ」

原因を思い返せば軽口なんて叩けやしない。身を起こせないのをもどかしく感じつつ、軽く目蓋を閉じた綾高は経緯を打ち明けた。

てっきり『どういうことだ』と詰め寄られると思ったのに、返ってきたのは拍子抜けするような反応だ。

「確かにおまえのせいだな。おまえが途中で気を変えたりするから、予定が狂った」

「え？」

「それに、日本人がトイレに隠れてまで食べたいほどナットウ好きとは知らなかった」

「え…っ？」

目を開けても、リインは冗談を言っている顔ではない。戸口の傍に立つサイードは相変わらずの無表情だ。見てもますます訳が判らなくなるばかりで、詰め寄らねばならないのは自分のほうであることすら、綾高はすぐには察せられなかった。

「宮殿に出入りする者は、たとえ物資を運ぶだけの者であっても私に忠誠を誓っている」

「……つまり、全部筒抜けだったと？」

ヒントにようやく少しだけ合点がいった。トラックの運転手が、さも協力しているような振りをして納豆パックの情報をリインやサイードに流すのは容易だ。

しかし、『予定』というのが判らない。

「ラティーフがおまえに近づくのは想像がついていた……というより、余所者のおまえを宮殿に置けば、必ず接近しようとするだろうと踏んでいた」

「わざと……ってことか？　ぜ、全部、最初から？」

「そうだ。なかなか尻尾を掴ませないあの男を、どうにかして捕らえたいと我々はずっと考えていた」

我々とはリインとサイードのことか。ほかのボディガードたち……いや、もっと多くの人間も計画に加わっていると考えるのが自然な話に感じられた。

「途中までは上手くいっていた。警備の隙をおまえを通して情報として流させ、あいつに利用させる。作った隙は罠《わな》だ。やすやすと実行犯と黒幕であるラティーフを捕えられるはずだった。今度こそ……」

呆然となって話を聞くばかりの綾高は、眉を顰めたリインの白い顔を驚きのままに見つめる。

「しかし、あいつはおまえが心変わりしたことで警戒し、狙撃に予定していたポイントを変更させた。あまりに急で、我々は場所を特定しきれなくなった」

ある意味、確かに自分のせいだ。つじつまは合う。

しかし、それではすべて判っていながら平然と舞台に出たということになる。

「リイン……お、おまえは撃たれると判っていてあそこに立ったのか？」

「撃たせるつもりはなかった。その前に捕らえる手はずで、防弾ベストも身につけていた」

「でも手はずは俺のせいで狂ってたんだろ？　それに防弾ベストなんて、そんなもん頭狙われたら終わりじゃねぇか！」

「私がいなくなっても、アミルがいる。たとえアミルが国王になっても、あの男の好きにはさせない。こっちもそれくらいの根回しはすませたから勝負に出た」

「アミルって……そういう問題じゃないだろう？　無茶すんな、死んでたらどうするんだ!?　おまえだって人間っ……」

ズキリと腹に痛みが走った。興奮して無理に身を起こそうとした綾高は顔を顰める。

リインは力の抜けたような苦笑を漏らした。

「前にもそう言ったな。私はおまえの言う『人間』ではない。私は王子だ」

前に、と言われてシアタールームでのやりとりを思い出す。彼女の心を操り動かしたリインに、激昂《げっこう》して言い放った言葉だ。同じ言葉なのに、こんな思いで口にする日が来るなんて思ってもいなかった。

「……それに、実際に私は撃たれていない。撃たれたのはおまえだ、アヤ」

そっと白い布団の胸元に置かれたものを、綾高は手に取る。

「あの日おまえがつけていたイカールだ。盗聴器が仕込まれている。アヤ……おまえは国に帰りたいんじゃなかったのか？」

頭巾を留める黒い輪だった。触っても自分には違和感はよく判らないが、これによってラティーフとの飛行場での会話は傍受されていたらしい。

あのとき、自分が話したこと。どうして日本に帰る好機を諦めたのか。なんのために、誰のために。理由もすべてリインは聞いていたということだ。

どことなく今夜は頼りなげにも見えるリインの白い顔を、綾高はじっと見つめた。髪には妙な癖がついている。眠りについていたところをきっと飛び起きてここまで来たのだろう。

――互いに気づかない振りをしても知っている。

「リイン、俺は……」

「傷が癒えたら、おまえを日本に帰そうと思う」

リインは綾高の言おうとした言葉を遮った。

「……は？」

「元々そのつもりだった」

淡い色をした唇は、うっすらと笑みさえ浮かべる。

「ちょっと待て……待てよ、なに言ってんだ？　俺を帰すって？　奴隷に一億で買ったんじゃなかったのかよ？」

「おまえを連れてきたのは、ラティーフに食いつかせるためだ。ようは囮《おとり》だな。計画は思うようにはいかなかったが、実行犯はどうにか殺さず捕らえることができたし、ラティーフももう間もなく逮捕だ。おかげで材料は揃えられた」

「今更そんな理由……ふざけんなよ。リイン、嘘言うな。おふくろに電話して、彼女とも別れさせておいて、囮に俺を借りましたはないだろっ？」

嘘ではないのだろう。計画は最初からあったに違いない。でも、それがいつ用意されたものにしろ、自分を選び連れてきたのがそれだけであるはずがない。

「理由が気に入らないなら、帰国は褒美とでも考えろ。おまえには礼を言わねばならない。どういう経緯であれ、おまえが私の命を救ったことに変わりはない」

「俺は礼なんて…っ……」

そんなものは欲しくない。それ以上に、リインの口から帰国を勧められたのが我慢ならなかった。

そうじゃない。自分に与えるべきものも、求めるべきものも、もう違っているはずだ。

綾高は布団の内から伸ばした手で、傍らに座るリインの手首を引っ掴んだ。膝上に置かれていた手は白く、女のもののようにたおやかで、手首は強く握れば折れそうに細い。

けれど、ひ弱そうな体に反し、力でどうにもできない人間なのは知っている。

「なぁ、おまえはそれで平気なのか？」

まだ夜明け前だ。ブラインドの隙間から覗く外は暗く、病室に点《とも》った明かりは目に痛い。

こんな時間にやってきたことこそが、リインの本音なのだと思いたい。

リインはずっとこちらを見ようとしていなかった。白く波打つ布団に視線を落としていたかと思うと、すっと立ち上がった。

「……放せ、そろそろ帰る。この数日はいろいろあってさすがに疲れた」

「リイン、答えろよ。俺を日本に帰して、俺がいなくなっても、おまえはそれで幸せなのかよ？」

「はっ……私が幸せかどうかなんて考えるに値しない。神は祈り、己の願いを聞いて貰うために存在するもの。神が幸福であるかについて考える者など、この世にいない」

短く笑い、リインは腕を振り払った。もう一度捕らえようとして、綾高は再び体に走った激痛に苦悶の表情を浮かべる。

「リイン！」

戸口に向かう男はもう振り返らなかった。サイードの手を借りるまでもなく、自ら扉を開けて廊下へと出ていく。

肘《ひじ》をついても僅かに体を浮かせるのが精一杯の状態で、額に脂汗を浮かべながらも綾高はその姿を必死に目で追った。

「リイン、おまえは神なんかじゃない！　ただの人間だ、ただの……弱いときも苦しいときもある人間なんだ」


病室を出たリインシャールは、通路にいた男性看護師に声をかけた。

「彼を看てやってくれ。無理に起きようとして危なっかしい」

特別患者扱いであるから、なにかあってはまずいに決まっている。看護師は飛び込む勢いで病室に消えた。

「リイン殿下」

追ってきたサイードが、どことなく咎《とが》める口調で自分を呼び止める。病室で一部始終を耳にしていた男は、実際に諫《いさ》めたくて堪らない顔をしているのだろう。エレベーターホールへ向かおうとして足を止めたリインは、背後に向けて手のひらだけを差し出した。

「サイード、車の鍵をくれないか」

「車の鍵……ですか？」

「悪いが、おまえはタクシーでも呼んで帰ってくれ。私は一人になりたい」

「しかし、それは……」

危険を伴わないとも限らない。サイードが渋るのはもっともだったけれど、リインが背けていた目を向けると、信頼おける側近である男はなにもかもを理解したような表情に変わり頷いた。

「承知いたしました。どうか、お気をつけて……宮殿でお待ちしております」

リインは鍵を受け取り、病院の前に駐車していた四輪駆動車に乗り込んだ。

自分で車を走らせるのは久しぶりだが、スフラシュカルから宮殿へ繋がる道は、対向車はおろかほかに車の影すらない一本道だ。

星の明るい晩だった。日中の強い日差しに照らされて悲鳴を上げる大地を、夜の星明かりは優しく包み込む。

物資を運ぶトラックの運転手などは鼻歌でも歌いながらハンドルを握っているであろう道を、リインは厳しい表情でただひたすら前を見て車を走らせた。途中、分かれてもいない道をカーブし、砂漠の中へと入っていく。

サイードも自分がどこへ行くつもりかは判っていただろう。

月の丘だ。今はなにか考え事をしたいわけではない。もうすべての答えは出ており、変える気も毛頭ない。

けれど、ふとそこへ行きたいと思った。

道なき道とあって、さすがに車は揺れる。しばらく走らせれば、遠く見えていた砂丘の姿はすぐ近くまで迫ってきて、車を降りたリインはまるで通い慣れた道のように砂の丘を登り始めた。

足元はバブーシュだ。病院から電話で深夜宮殿を飛び出したリインが履いているのは、スエードのスリッパのようなもので、砂漠を歩きやすいものではない。

一歩踏み出すだけで踵《かかと》から砂が入る。三歩上れば崩れる砂に二歩後退し、歩みは遅々として進まず、疲労と靴の砂ばかりが溜まっていく。

それでもリインは砂丘を上るのが嫌いではなかった。砂に足を取られる感触は、まるで大地に引き止められているかのようで、自国の上を歩いているのだという現実感を与えてくれる。

「…………はぁっ」

珍しく少し息を切らし、斜面の途中で背筋を伸ばして天を仰いだ。

夜明けが近い。空が藍色《あいいろ》がかっている。あと数メートルに迫った頂上まで、リインはもう休むことなく一息に上りきり、風に吹かれた砂がホイップしたクリームのように角《つの》を立てた稜線へと立った。

自らの重みに崩れ出していく砂の上で、地上を望む。

高い丘だ。ほんの五日前にもここへはやってきた。けれど、同じ丘なのかそうでないのかさえ判らない。綾高とやって来たときの痕跡はもうなに一つなく、留まることのできない砂漠では、波打つ砂の波紋さえ同じではない。

リインはただ一人、そこに立った。

地平線の手前に遠く大きな街が見える。誇れる近代的な首都、スフラシュカル。北には湖を失いし街、ズルカ。東の街、西の街、何万何十万の民が暮らす街がここからは一望できる。目に見えるものはすべて自分のものになる。土地も街も民も、砂の一粒から天高く聳《そび》える建造物まで。空の星の輝きさえ、やがて神となりし我ものと呼ばれるだろう。

なのに、何故。

自分はこれほどに満たされることがないのか。

眼前に広がる世界を見つめるリインは、けして表情を変えようとはしなかった。けれど、まるで堪え切れなくなったかのように、ぐにゃりと映る景色は歪《ゆが》み、目蓋の縁から溢れたものは不快に頰を伝った。

リインは気がついていた。

おそらくずっと以前から。

自分の心にはなにか穴のようなものが空いている。おそらく小さな穴だ。存在を意識することさえないのに、その穴は得たものすべてを飲み込み、打ち消してしまう。

心にできた綻びから、リインはずっと目を背け続けてきた。

必要とされず、求められず、ただ疎まれるばかりで育った。小さな友を失い、母をも亡くし、生き残ってなお自分に向けられる本音は冷ややかだった。

『どうして生き残ったのがあの子なの』

王宮で耳にした囁き。心に空いた小さな穴が軋むのを感じた。

けれど無視した。穴など存在しない。存在もしないものが痛むはずがない。自分は誰よりも気高く、誰よりも強い心を持つ。

何故なら、自分は神にすら近しき者——

『おまえは神なんかじゃない！　ただの人間だ、ただの……』

聞きたくもない。

今更、そんなことを知ってなんになる。それを知った自分は、どうやって生きていけばいい。

「……アヤ」

名を言葉にするだけで、傷もない体が痛む。

燃えるように目の奥は熱い。一度緩んでしまった涙腺は、今まで堪えていた分であるかのように涙を止めどなく溢れさせた。

リインは自分の身の内にある感情がなにか判っている。自分はとても哀しいのだということ。あの男がいなくなってしまうというだけの現実が、堪えがたく哀しい。

恋をしているからだ。

あの異国の者に。

けしてこの手に留め置けるものではない相手に、自分は愚かにも――

「……ははっ」

リインは自嘲的に笑った。

一国を手中にしてなお欲しいものが、たった一人の男の存在であるなんて。

人はどこまで手に入れれば幸せになれるのか。なにを手にすれば、もうなにも必要はないと満たされる。穴の空いた心は、この乾いた土地のようにいくら水を与えられても潤うことはない。大雨が降ろうと、翌日には再び干上がる。

「……アヤ」

おまえが傍にいてくれたなら、自分の心の穴は塞《ふさ》がれるのか。

あるいは、その穴を埋めるものこそが、自分の欲しているただ一つのもの――それがおまえだとでもいうつもりか。

「……どうしてっ、どうしてだ……何故私は……こんなにも苦しいっ……」

リインは膝を折って座り込んだ。

答えは出ない。自分が受け入れられる答えは、いくら待っても出てきやしない。もう正しい答えを知ってしまったからだ。

止まらない涙が砂地を打つ。リインは打ち消すように砂を払った。涙が落ちては払い、また落ちては払う。何度でも狂ったようにその手で砂を掻き分け、丘を上っているわけでもないのに息を切らし、事切れそうに胸を喘がせた。

「……はぁっ、はぁっ」

もうなんだか判らないものがボロボロに溢れ、リインはその場に突っ伏した。まるで壊れた涙腺ごと、自分が崩れ出してしまったかのようだった。

「……ああぁっ……わあああぁっっ」

心にいつも小さな穴がある。

その小さな穴さえ塞ぐことができたなら、自分は今度こそ――

今度こそ、幸せになれると思っていた。

両手で砂を握り締めるリインは、やがて大きな声を出すこともできずに、微かな嗚咽《おえつ》だけで泣き続けた。しゃくり上げる小さく蹲った姿は、まるで頼りない置いてけぼりの子供のようだったけれど、その隣にはもう誰もいない。

また一人だ。

泣き疲れて顔を起こすと、周囲が明るくなっていた。赤く染まり始めた東の空に、はなを啜り上げるリインはぐちゃぐちゃに濡れた顔をソーブの袖で拭《ぬぐ》う。

夜明けだ。

星が消えていく。

また灼熱の太陽の時間がやってくる。

「……行こう」

ふらりと立ち上がり、前を見る。

「べつになんでもない、他愛もないことだ」

自然とそんな言葉が零れた。背を伸ばせば、泣いたのは気の迷いであるかのように思えてくる。

昇る太陽と共に風が吹き始めた。乾いた風は、瞬く間に頬から涙を干上がらせていく。

何事もなかったと自分を打ち捨て、砂丘を下り始めたリインは、風に乗った砂が頬を打ってもう目を細めることさえしなかった。


「こっちこっち、写真を取るならここがいいわ！」

大柄なタンクトップ姿の白人女性が、満面の笑みで彼氏らしき男を手招いている。

空港ロビーの出入り口付近にあるモニュメントは、敢《あ》えて高さをあまり出さず、写真撮影に適した大きさで配置されているものだ。役目は充分に果たしているらしく、彼女は誰に勧められずともその場所を記念撮影場所に選び、彼氏がカメラを向ければ、すぐに空港スタッフが近づいて二人揃っての写真が撮れるようシャッターを代わりに押している。

「サービスが行き届いてるんだな」

傍らを並んで歩く背の高い男がそう呟くのを、リインシャールは耳にした。

気づけば記念撮影中の観光客のほうを、綾高もじっと見ていた。

五月の下旬。今日は綾高が日本に帰国する日だ。

カトラカマルはもう初夏ではなく真夏だった。あんな事件が開港時にあったとは思えないほど、空港は明るい光に満ちている。広々とした開放的なロビーは、様々な国からの観光客で溢れ、日常から解放されたバカンスを楽しみに来た者たちの笑顔がまた空港を明るくする。

彼らにとってこの国が楽園に映ればいい、そう思う。

「……カトラカマル。月の雫、アラビア海に浮かんだ島か」

綾高がふっとそんな言葉を漏らし、リインは首を捻る。

「どうした？」

「いや、来るなら次は観光で来たいと思って。よかったじゃないか、前より観光客も増えてるんだろう？」

「ああ、おかげで観光局は大忙しだ」

リインは頷きつつも、男の放った『次は』の言葉には応えなかった。会話はずっとぎこちない。帰国の日であるからだけでなく、会うのはもう一月半ぶりだからだ。

リインは深夜に行ったあの日からずっと病院を避け、顔を合わせずにいた。

今日は正午のフライトに合わせ、綾高は病院から直接車で到着し、リインは午前中の公務を早めに切り上げてきた。

長いエスカレーターに乗り、三階の出発ロビーへと向かう。二人の背後にはサイードとほかに二人のボディガードもついている。ラティーフは逮捕され、あれからデモのような反政府的な活動もなりを潜めているが、やはり空港はリインがふらふらと現われるべき場所ではない。

「今日も来ないかと思った。どうしてずっと病院に会いに来てくれなかったんだ、リイン」

どうしても言わずにはおれないといった具合に、綾高は口にした。

「公務が忙しかった」

「よくいう。宮殿に帰りたいって言ってもダメだった。どうせおまえが拒んだんだろう？」

「宮殿はおまえの家ではない」

突き放すような言葉に、隣で息を飲んだのが判る。不服そうに綾高は続けた。

「せめてみんなに挨拶したかったな。あんだけ世話になったのに……」

「伝えておこう」

「ジナーフには？　ラクダのモモコには？」

「ジナーフにも伝える。モモ……ってなんだ、おまえはラクダとまで親しくなっているのか？」

一瞬呆《あき》れたが、リインは気を取り直して頷く。

「なんでもいい、判った。それも伝えておこう」

「嘘つけ」

「私は嘘は言わない」

「……はっ、ただ本当のことを言わないだけってか？」

含みのある言い草だ。今隣を見れば目が合いそうな気がして、リインは素知らぬ顔で上り続けるエスカレーターの先を見据える。

長いエスカレーターも終点に辿り着き、出発ロビーについた。

「サイード」

結局、質問には応えないまま背後の男の名を呼ぶ。なにも詳しく示さなくとも、サイードは目当てのものを鞄《かばん》より取り出し、綾高へと手渡す。

「パスポートと搭乗券です」

受け取る男は不思議そうな顔で、表紙に菊の紋章の印刷されたパスポートを開き見た。先に押されているべき、日本からの出国、カトラカマルの入国スタンプつきだ。

「安心しろ偽造ではない。本物だ」

「どうやって用意した？」

「知らないでいいこともある。とにかくなんの問題もなく日本へ戻れるはずだ」

日本へはエジプトを経由し、成田に向かう。綾高の格好はもうアラブの民族衣装ではない。Tシャツにジーンズ、ほとんど手ぶら状態の姿は、フライトだけでも十五時間以上の長旅をこれからするようには見えない。

「随分身軽だな。かえって不審者に見える」

「来るときだって身軽だった」

「はは、それもそうだ」

上がセーターかTシャツかの違いくらいだ。あれはまだ日本が寒かった頃。荷物みたいに運んだのを思い返し、リインは少し笑った。

綾高も異様な状況を思い出したのだろう。苦笑いを見せ、それからむっとしたかのように一度口元を引き結んでから言った。

「おまえにはずっと言ってやろうと思ってたことがある」

「なんだ？　恨み言なら心残りがないように言っておけ」

「リイン、俺はおまえが好きだ」

あまりにも衒《てら》いもなくするっと告げられ、リインは言葉を遮る暇もなかった。

日本人はシャイだという評判はどうなったのか。後ろにはサイードだけでなく、ほかのボディガードもいる。けれど、綾高はまるで隠そうとする様子もなく、自分を真っ直ぐに見つめていた。

「どういう意味で言ってるか判るだろう？」

逃がさないといった眼差しだ。その黒い眸に捉われ、なにか応えずにはいられなくなる。

「……ああ。では、私も言いたかったことを話そう」

「なんだ？」

「おまえは甘い。優しすぎる。そのような考えを持つようでは、日本に帰ってもまた誰かに騙《だま》され、利用されるだろう」

綾高は笑い飛ばした。

「構わねぇよ、それでも。俺はお前を好きになったことを後悔しない。おまえは俺が惚れるに値する人間だ」

「……そうか、ならいい」

「おまえからは？　おまえが俺に言いたいのはそんなことだけか？」

「そうだ」

リインは迷いなく応えた。

自分を見つめる男の黒く澄んだ眸が、落胆の色を浮かべたのに気がついたけれど、なにも言うつもりはない。

リインは感傷的な別れは望んでいなかった。

「……もう行け、別れに長く付き合うほど私は暇ではない」

『じゃあ』とだけ綾高は言った。

自分で突き放したくせに、背を向けられた瞬間胸がひやりとなった。比較的空いていて、列もない搭乗口へと男は歩き去っていく。

あっさりとした別れ。しかしどんなに時間をかけて別れの言葉を交わし合い、惜しみ合ったところで離れる瞬間は一瞬だ。

十五メートルほどの距離を綾高は二度振り返ったが、リインは身じろぎもしないままだった。ただ遠くを見つめて表情一つ変えないリインに、失望したようにその姿はゲートの向こうへと消えて行った。

――これでいい。

リインはそう思おうとした。

心はもう、あの夜明けに砂漠に置いてきた。

どんな大きな岩も砕いて砂へと返る、乾き切った丘へ。想いは小さく小さくなり、今頃風に飛ばされどこぞへと運ばれて行っただろう。

――そのはずなのに。

どうして息ができないと思うほどにまた胸が苦しいのか。

「殿下、私は彼を追うべきだと思います」

すぐ後ろから、同じく直立不動で見送ったはずのサイードの声が響いた。

「口出しは無用……」

余計なお世話だと切り捨てようとして、リインはできなかった。

突然、体が前に傾いだ。強い力を肩から背中にかけて浴び、飛ぶ勢いで前に躍り出てなお、なにが起こったのかすぐに判らなかった。

サイードに突き出されたのだと気づき、驚愕に目を瞠らせる。

「……なにを考えてる!?　おまえっ、鞭打ちだぞっ!!」

王位継承権を持つ王子に許可なく触れるのは大罪。それはたとえ側近であっても変わらない。

「構いません。老体では彼と違って死ぬかもしれませんがね」

信じられなかった。従順だとばかり思っていた男の反抗も、その淡々とした声が語る言葉の内容も。

「殿下、私はずっとあなたの傍にお仕えしてまいりました。私は誰より、あなたの幸せを願っております」

「サイード……」

「神の幸せを願う者だっているのですよ。それはけして私だけではない。行くのです。行って、彼に本当の気持ちをお話しなさい」

もう迷いなどないと思っていたのに。

「……私は……あの者をあの者の国へ返さねばならない。それが私の責任なんだ！」

「判っています。それが殿下の彼への誠意……愛情なのでしょう。ですが、たとえ結果が同じでも言葉にして伝えておかねばならないことがあるのです！　殿下、私にあなたを何度も突き飛ばさせるおつもりですか‼」

サイードの顔は見たこともないほどに険しく、苦しみに満ちていた。鞭打ちを恐れるからではない。忠誠を誓い、自分に長きにわたって寄り添ってくれた男が心を痛めているのは、そんなことではない。

白髪交じりの眉の下の男の目を、リインは一時見据えた。

そして踵《きびす》を返した。

走り出す。綾高の消えた先へと。両足はまるでそのときを待っていたかのように勢いよく床を蹴り上げ、搭乗口へと辿り着く。

「ちょっと待てっ、待ておまえっ……」

チケットも持たず、ゲートを越えようとするリインを慌てて係員が制止する。その体を押し退けようと軽く揉《も》み合いになり、首に回しかけたゴトラが外れた。

現われた金色の髪に男は息を飲み、リインは振り切って先を急いだ。

「行かせなさい、あの方を！」

聞こえたサイードの声に一瞬背後を振り返り見ると、翳《かざ》しているものが見えた。この国に片手しか存在しない種類の身分証だ。

誰も追っては来ない。

リインはただひたすら通路を走った。

「アヤっっ!!」

背中は見えていた。

「リイン……」

叫び声に男は驚愕の表情で振り返る。なにかを言い出す前にリインは止まりかたを忘れたかのように飛びつき、体当たりにその首筋に取り縋った。

「アヤっ、アヤっ！」

「……嘘だろ、おまえが追いかけてくるなんて……」

「嘘ってなんだ？　私は嘘は言わない、本当のことしかっ……」

「本当って？」

「おまえに言い忘れたことがある」

首筋に埋めた顔を離すと、心を奪われてならない男の顔がある。日本人にしてはくっきりとした目鼻立ちに、よく見れば微かに茶色みがかった眸。近くで目にしてしまえば抑え切れない感情が溢れ、リインは言葉よりも先に行動に移した。

唇を強く押しつける。不意打ちを食らった綾高は目を白黒させ、首に取り縋ったままのリインを見下ろす。

「言いたいこと……じゃなかったのか？」

「順番を間違えただけだ。言い忘れたことと、忘れたものだ」

先にもう一度忘れもののキスをする。今度はすぐに綾高も応えてきた。背中に回された腕が、白いゆったりとしたソーブの中で泳ぐ細い体を強く抱き留める。

乾いていた唇を押しつけ、擦り合わせ、互いの熱と想いを移し合う。キスの合間にぶつかり合って互いを突く鼻先の感触すら、狂おしいほどに愛しく切ない。

通路は無人なわけではないけれど、今はどうでもよかった。後のことは後で考える。

自分には今、どうしても言葉にして伝えておかねばならないことがある。

「ダイチ、私もおまえが好きだ。おまえが誰より、なによりも愛しい」

「リイン……」

「……ちゃんと言えた……これでもう……思い残すことはない」

自然と笑みが零れた。泣き笑うみたいな微笑みを浮かべたリインに、綾高は首を振る。

「そんな言い方するなっ、俺は……俺は日本へは帰らない。もういい、おまえが必要だと言ってくれんなら、俺はいつまでだっておまえの傍にいる」

「アヤ、それはダメだ。絶対にダメだ、おまえを引き止めたりはできない」

「引き止められてるんじゃない、俺が自分で残るって言ってんだろ！　なんでおまえはそう頑固者……」

たった今キスをしたばかりの男の唇を、リインは指で押さえる。

「シュクラン　ジャズィーラン」

突然口にしたアラビア語に、綾高は戸惑いを見せた。

「……リイン？　なんて言ったんだ？」

「ハッザン　サイーダン」

「リイン！」

リインは想いの丈を母国語で綴り始めた。

引き止めたい。けれど、ここに留まらせてはけしてならない。言いたいけれど言えない想い。

ありがとう。

幸運を。

遠く離れても、おまえの幸福を私はいつまでも願うだろう。

私はおまえの前では弱い。今だって、こんなにも馬鹿みたいに弱くなっている。おまえと別れるのが辛い。おまえのいない世界に戻るのが本当はとても怖い。

でも、それでも――

リインは立っているのも辛くなり、男のシャツを縋るように摑んで崩れそうになった。

「リイン、なに言ってるんだおまえっ？　アラビア語は判らない、頼むから英語で言えっ」

「……シュクラン……シュクラン」

「くそっ……なんだよっ……なんだよ！　おまえがなんて言ってるのか判るぞっ、サヨナラって言ってるんだろう？　もう二度と会えないって、そう言ってるんだろう⁉　馬鹿なことを言うなっ、俺はおまえの話なんて耳を貸さないぞっ、ああそうだ、最初っからおまえの言うことなんて俺はきかなかったからな！　今だってきくもんか、絶対に俺はっ……」

顔を上げても綾高の表情はよく見えなかった。

涙が止まらない。

「リイン、そんな顔するなっ、そんな哀しい顔で笑うなっっ!!」

「マッサラーマ……アヤ」

「リイン、俺はっっ……」

おまえの言葉に耳を貸そうとしない私は、やはり身勝手な人間なのだろう。

さぁ幕を引こう。

自らの手で始めたように、この出会いと恋に。

「サイード」

リインは片手を上げた。その男が傍まで追ってくるのは判っていた。たとえ一度は逆らおうと、最後は自分の下した愚かな結末に付き合ってくれるに違いない。

振り返らぬまま、側近である男の名をなにかの呪文であるかのように呼んだリインに、綾高が目を大きく開かせる。

「……は？」

意識を奪われた男が最後に思ったのはなんであったのか。

リインにはもう判るはずもなかった。

◇　◇　◇

「店長ぉ〜っ」

またか。

レンタルビデオ屋の事務スペースで、黙々と新作のラベル貼りの作業に没頭していた綾高は、レジカウンターのほうから聞こえてきた声に軽く溜め息をつく。

すでに二回目だ。行ってやるしかない。

「どうした？」

カウンター裏に顔を出せば、最早再現ビデオかと言いたくなるほどいつもと変わらぬタイミングで、アイメイクの濃いバイトの女は振り返る。

「お客さんですぅ」

カウンターを見ても立っているのは普通の日本人だ。よれよれの珍妙なイラストプリントのTシャツに、いつ洗ったか判らないジーンズ。やや挙動不審な眼差しをして、カウンターに触手アニメのディスクを出しているのは、極普通の日本人のオタク男性だ。

「あ、あ、あの、お願いします」

待ちくたびれた客は、ぼそっとした声を発した。

とりあえず綾高がレジ処理を行い、店を出た客が夜の街へ消えていくと、隣から恐る恐るといった声が響く。

「店長〜、ご、ごめんなさい。あの人、あんまり喋《しゃべ》らないし、なぁんか落ち着きないから日本人じゃないのかと思っちゃって……」

「いいかげん慣れろよ。珍しくもないタイプの客だろう？」

「それはそうなんですけどぉ……あは、店長が戻ってきてくれて本当に助かります〜」

仕事はできないが、相変わらず調子だけはいい。

綾高が職場復帰して一週間になる。

十日前、目が覚めたら自室の六畳一間のボロアパートに転がっていた。大の字の高いびきで寝ていて、ぱっちり開けた目に飛び込んできたのは、しみったれた和室の木目天井。傍らの窓からは、熱気を伴った西日が差し込んでいた。

飛び起き、窓を開けた。

広がっていたのは、遥か彼方まで広がる砂漠ではなかった。地平線どころか隣町を見ることさえできない。無秩序に建物を押し込んだかのような雑然とした街並みが広がっていた。胡散臭《うさんくさ》い看板の並んだ雑居ビルに、古ぼけたアパート。所々に点在する真新しいマンションが却《かえ》ってアンバランスだ。電線のかかった空は、近くのファッションヘルスのネオン看板が半分覆い隠している。

ボロアパートからの見慣れた眺めだった。

自分は長い長い夢でも見ていたのか。

——なんて思うわけがない。

しばし呆然となった末、とりあえず事の発端になったレンタルビデオ店に向かった。するとあろうことか、『店長ぉ、おかえりなさい。来週から復帰できるって本当ですかぁ？』などと仕事のできないバイト女と、店長代理に成り変わったもう一人のバイト男に言われてしまった。

自分は店でチンピラに絡まれ、暴行を受けて重症で入院していた——というシナリオになっているらしい。どういう根回しをしたのか、オーナー以下職場関係者は口裏を合わせ、入院していたという病院に鼻息荒く飛び込んでも、立派なカルテまで用意されていた。

なんという茶番。リインらしい。あいつははっきりいって、単に芝居がかったことが好きなガキではないのか。

——まったく、どうせ用意するなら元のエロビデオ屋店長じゃなく、どこぞの会社社長の席でも用意しろってての。

そんなもの、本気で座らされても困るが。

「はぁ、チンピラにやられた腹が痛い」

嫌みったらしくカウンターに凭れて言うと、隣でバイト女は明らかに動揺しておろおろし始める。女優の才能はまるでない。

「えっ、えっと、てっ、店長大丈夫ですか？」

「ああ、そうだ。俺、明日は休むから。店長代理の佐藤《さとう》くんと二人で頑張って」

「ええっ、店長いないんですか！　佐藤さん、英語喋れないから、外人さん来たとき困るんです」

「大丈夫、なんとかなるよ。今までもなんとかなってたんだろ？　俺がチンピラにやられて入院した三カ月以上」

「はっ……はい、まぁ」

切り札のようにそれを口にすれば、甘えも大人しくなる。ちょっとイジメ過ぎたかと思ったが、嬉しげに肩から提げて帰っている分不相応なブランドバッグの数々を思い出すと、甘やかす気も失せる。

一体、リインはこの茶番にいくら金を積んだんだ。国の将来を案じるなら節約ぐらいしろってんだ。

どうせあいつの動かしてる額からしたらはした金なんだろうけど。

パンの耳くらいの額ってか？　今度会ったら、冷蔵庫の冷気を逃さない方法やら、無駄なコンセントは小まめに抜いておくことやら、説教臭く節約術を伝授してやる。

今度、また会ったら——

リインが永遠の別れのつもりでいるのは判っている。けれど、綾高は『はい、そうですか』なんて引き下がる気は毛頭なかった。

あの国へ飛ばされたときも、しぶとく帰る方法を模索したように、今度はあの国へと戻る方法を考え始めていた。

観光客として紛れ込むのは簡単だ。でもそれでは意味がない。リインに認めさせ、気持ちを改めさせなければ戻ったところでなにも変わりはしない。

綾高はその夜は深夜二時の閉店時間まで勤め上げ、翌日は本来出勤する時刻の午後四時に、バイトの女への宣言どおり店を休んである場所へと向かった。

家からは電車で三十分ほど離れた……けれど、よく知る懐かしい街だ。

改札を出ると細い路地の商店街を抜け、国道へ。日が西日に変わり始めた時刻、歩道は駅へと向かう学生が多く歩いている。ラフな服装に大きな鞄を提げた大学生たちで、ここは綾高が中退した大学に向かう道だ。

歩道に沿って続く塀の向こうはもうキャンパスだった。生い茂った木々の緑は溢れんばかりに歩道へと伸びていて、街路樹と折り重なるようにして深い影を地面へ落とす。

緩やかに吹き抜ける風は爽やかだ。

豊かな緑と冷やりとした空気を感じながら歩く綾高は、不思議な気がしてならなかった。

日本にはこんなにも緑が溢れている。緑だけでなく、蛇口を捻れば当たり前のように水が出る。帰国してからの十一日間に雨はすでに三日は降った。まだ梅雨入り前の雨の少ない時期だというのにだ。

カトラカマルでは、ほとんどの街で海水を淡水化して水を得ていた。あの島に限らず、アラブ諸国では珍しくもない極当たり前の方法だろう。

遠い国にいたのだなぁと、ふとしたことで思わされる。

太陽の光さえ、同じものとは思えない。

突然高い笑い声が聞こえた。裏手の門からキャンパスに入ると、賑《にぎ》やかに帰っていく男女の学生グループと擦れ違った。

綾高にも昔そんな時期があった。学生としては真面目なほうだったと思うが、勉強といったって自分のためでしかなかったし、後は彼女とバイトのことくらいしか考えていなかった。

そんな学生たちよりも、リインは若い。理解できない子供っぽさも時折覗かせるけれど、あの年齢で国益を考えて生きている人間の元へ、自分はどうすればもう一度近づけるのか。

傍にいるときは感じなかった距離は、離れてみるとあまりに大きい。

歩き続ける綾高は、やっと目的の場所へと到着した。開け放たれた扉から中を覗くまでもなく、威勢のいい男たちの掛け声が聞こえてくる。ザッザッと畳の擦れる音。組み合う体のぶつかる音。

一つ一つが懐かしい。

着いたのは大学の柔道場だった。

靴を脱いで中へと入った綾高は、練習中の大学の柔道部員たちの周辺に視線を走らせ、唯一の知った顔を見つける。

「松中《まつなか》先生」

傍へ寄って声をかけると、稽古を見守っていた中年の男はこちらを向き、たちまち驚いた表情を見せた。

「綾高？」

「お久しぶりです」

「おまえどうしたんだ、何年振りだ！　なんだ急に、びっくりするじゃないか！」

すぐさま反応した道着姿の男は、驚いたと言いつつも笑顔を見せ、厳《いか》つい体つきに見合ったごつごつとした手で、綾高のシャツの腕を叩く。

嬉しげな様子にほっと胸を撫で下ろす自分がいた。四年と少し前、大学を中退という形で退学せざるを得なくなった綾高は、子供の頃から習っていた柔道もいい形では辞めておらず、どんな反応をされるか正直判らないまま来た。

「今日は見学をしたいと思いまして」

「見学？」

「一般の部に入りたいんです」

ここでは週に何度か外部を招いての教室もやっている。記憶どおりなら、小中学生だけでなく週に二回大人にも教えていたはずだ。

「また、やってみる気になったのか？　家庭の事情なら仕方ないのかと思ってたんだが……そうかそうか、おまえがもう一度柔道を！」

綾高は怪しまれると判っていながら、思わず戻るに至った理由を口にした。

「はい、それが……どうしても守りたい人ができたんで」

試合をしたいわけではない。武道を実践的な利用も視野に入れて学んでいるのは、警察関係者くらいのものだろう。案の定訝しがられ、しまいには結婚予定でもできたかと明後日の方向に話を持って行かれてしまったが、当たらずといえども遠からずだったのかもしれない。

惚れた相手のためであるのは確かだ。

それにしても両想いであると明らかにし合った途端に、どうしてこうももどかしい目に遭わなければならないのか。行きたくもないのに連れ去られ、残りたいと言えば強制送還。勝手にもほどがある。

なのにリインを忘れようとは思えない。

あんなに泣いて俺を好きだと言って、情熱的なキスでまで煽《あお》っておいて、『さようなら』なんて絶対に認めない。

しばらく柔道場を見学したのち、帰路についた綾高は恨みがましく独りごつ。

「こうなったら、どっちが石頭か勝負だな」

──人を最後まで弄んでくれやがって。

恨みなんだか愛しさなんだか判らない思いを抱きつつ、駅前でもう一つの用事の本屋へと立ち寄った。大学が近いので、確かここの本屋は専門書も充実していたはずだ。

語学コーナーを探し当て、まずは初心者向けの本を選ぶべく手に取る。

「……やっぱ独学は厳しいか？」

ぱらりと捲っただけで目眩《めまい》がした。

どうみてもミミズがくねくねとのたくっているようにしか見えない文字の羅列に慄《おのの》きながらも、綾高は意を決した。

「えっと、シュクラン……ジャズィーラン……？」

◇　一年後　◇

「陛下、本日はこれから新しいボディガードを選出するための面接となっております」

デスクの傍らに立ったサイードの言葉に、リインシャールはあからさまに嫌そうな顔をした。

まもなく正午になる。一仕事を終え、食事でもと思っていたところだ。

リインがいるのは、スフラシュカルにあるホテルの高層階の一室だった。普段は職務は王宮でこなしているが、このホテルは街の中心部にあり気分転換にもよいため、ワンフロアを執務と仮眠用に借り切っている。

仮眠用といっても、今は本来の家である砂漠の宮殿よりここで過ごす時間のほうが長いくらいだ。

長らく病気を患っていた父親が年の瀬に死去した。以来、国王に即位したばかりのリインは、猫の手どころかトカゲの足でも借りたいほどの忙しさである。

「食事はどうするんだ？　私はもう空腹なんだが」

不満そうに言う主人の機嫌を取ろうとしてか、デスクの上に置いた手にするっとジナーフが乗っかって来た。

リインがここで仕事をしたがるのは、誰の目も気にせずジナーフを放しておけるというのもある。並外れて賢いトカゲは、今やすっかり陰の小さなパートナーになっていた。

「レストランを予約しております。面接の後に行かれるのがよろしいかと」

「先にしたい……というか、ボディガードなんて今増やさなくてもいいだろう？　スハイムも復帰できたのだから、足りている」

　スハイムが復帰したのは先月で、ちょうど退職宣言から一年後に当たる四月だった。

「いつ何時また人が減らないとも限りません。私もまた一つ年を取りましたし、このところの激務は少々堪えております。体調を崩さないとも……」

「不吉なことを言うな。おまえに病気を許すつもりはない」

「陛下の禁止で病気にならずにすむのであれば、それに越したことはないのですが……とにかく、今日の面接はかねてからの予定です。どうか書類に目をお通し下さい。とても優秀な者です、陛下の御意に適《かな》うに違いありません」

　書類を挟んだ革製のバインダーを、サイードは小脇から差し出してくる。

「一人しかいないのか？」

「はい、事前に私が書類選考しておきました。手間は省いたほうがよろしいかと」

「ふん、妙なところに気が利くな。まぁいい、一人ならすぐにすむだろう。通せ」

　サイードは面接の相手とやらを呼びに行き、広いホテルの部屋は一人と一匹になる。

　リインは大きな革のチェアをふらりと回転させ、背後のガラス壁の向こうを望んだ。八十階の高さからは、絶景といっても過言ではない景色が広がっていた。

スフラシュカルの街並みに、周囲を取り囲む砂漠の地平線。しかし美しい眺めにも、一人きりになったリインの顔は憂いを帯びる。

父を失くしてまだ半年と経たない。アミルを連れて何度も病室は見舞った。無邪気なアミルのおかげで会話も自然になり、父親との距離を最後に縮められたのは嬉しかったが、それゆえに一層別れは辛かった。

絆を断たれる痛み。きっと感じられることこそが幸せなのだろう。

けれど、それでも淋しい夜はある。

忙殺され、普段はあまり感じずにすんでいる淋しさ。

ジナーフを肩に乗せ、宮殿の中庭で過ごす夜。広い天蓋ベッドに手足を伸ばす、ふとした瞬間。それは堪えがたい孤独感となってリインを襲う。

「……ジナーフ、あの国はどの方角にあるのだろうな」

ぽつりと漏らした呟き。いくらジナーフが賢くとも、トカゲは『どの国か』と問い返してこないので助かる。

ノックの音が響き、リインは慌ててデスクに体を向け戻した。面接をすると言ったのに、手元の書類にはまったく目を通さないままだ。

「ちょっと待て。あー……いや判った、入れ」

なにも判ってはいない。部屋のドアが開く音を聞きながらも、リインはようやく読む気になった書類に視線を落とした。

「失礼いたします、陛下」

バインダーを開くと、一枚目は添えられた履歴書だ。

ふっと飛び込んできた文字が目を釘づけにする。

「特技……ＪＵＤＯ？」

「中学生からやっていました。一時期辞めておりましたが、また一年ほど前から稽古を」

名前を確認するよりも、その声に顔を上げて気づくほうが早かった。

「陛下、お会いできて光栄です。綾高大地《だいち》と申します」

「アヤ……ど、どういうことだ？　おまえ、言葉……」

どうやらサイードにまんまと嵌められたらしいのは想像がついたが、部屋に入って来たときからずっと喋っている言葉は納得いかなかった。

綾高は流暢《りゅうちょう》なアラビア語で話をしている。

「一年間、猛勉強しました。国王陛下の身辺警護の職を望むなら必要かと」

「……かっ、帰れ。ここはもうおまえの来るところではない」

前を見られない。リインは約一年ぶりに再会したスーツ姿の男の顔をまともに見ることができなかった。一年でまた大人びたリインは、まだ十代であるとは思えないほどの威厳のある王だが、今はみっともない動揺ぶりでふらふらと机の上に視線を彷徨《さまよ》わせる。

「また俺に帰れと？　どうして？　この面接は茶番なんかじゃない。俺は書類を送って、ボディガードの職を正当な方法で申し込んだ」

「そんなもの、どうせサイードが便宜を図ったに決まってる。でなきゃ日本人のおまえが選考に通ったりするものか」

「もしそうだったとしても、人脈も実力のうちだろ？　それに、俺はちゃんと努力もした。この一年ずっと、がむしゃらに勉強して必死でやってきた。リイン、全部おまえの元に戻るためだ」

　まともに話も耳に入らないリインは素気ない声を発した。

「お、恩着せがましく言うな、私はそんなこと頼んでもいない」

「頼んだも同然だろうが！　あんなメソメソした顔で別れられて、俺が諦められるとでも思ってんのか！　なのに無茶苦茶な帰国させやがって！　戻って来たぞ、俺を受け入れて貰う」

「お断りだ。面接の返事はノーだ」

「……この意地っぱりが。俺がいなくておまえが平気だったかどうか、そこのジナーフはよく知ってるだろうよ」

　トカゲが喋らないのはやっぱり幸いだ。綾高の元へ行きたそうに机の上を端まで寄っているジナーフを、リインは悔しげに見る。

「リイン、どうしても嫌なら俺の顔を見てそう言え。おまえなんかいらない、二度と面見せんなって、俺の目を見てそう言ってみろ」

ちらと目を起こしたら、もう駄目だった。

そんなこと、言えるわけがない。

未《いま》だ夢でも会いたいと願うほどに愛しい男だ。精悍《せいかん》なその顔を見るだけで、くしゃくしゃに顔を歪めそうになる。一瞬でも泣きそうに八の字に金色の眉を下げてしまったリインは、もう完全に敗北だった。

「俺を採用してくれるか？」

「……わかった」

「もっとちゃんと伝えろ」

「調子に乗るな、採用するって言ってんだろ、くそっ」

一国の王とは思えない汚い言葉で照れ隠しをすると、拗ねた声が返って来た。

「だって足りねぇんだよ。一年もお預けされたんだ。合格なら、もっとそれらしい方法で示してもらわないと」

綾高は芝居がかった仕草で肩を竦ませ、デスクのリインは大げさな溜め息をついた。

「……それもそうだな。日本人の好きなハッピーエンドは心得ている」

気乗りしないようなことを言いながらもリインが立ち上がると、すかさずジナーフが肩まで駆け登ってきた。

トカゲは振り落とされまいとしがみつき、男の元へ走り寄ったリインは腕を伸ばしてその首筋を抱き寄せる。

近づけた顔に綾高が一瞬首を捻った。

「これって日本人の好きなエンディングか？　ハリウッドムービーエンドじゃ……」

「つべこべ言うな、どちらでもいい」

それ以上の文句があったのかは知らない。リインは唇を押し合わせ、とりあえず口づけに異論はなかったらしく、腰に回された男の腕は足が宙に浮かんばかりの抱擁を返してきた。

熱烈なキスを交わすリインの肩では、黄色い背中のトカゲが困ったように瞬きをしている。

ガラスの向こうには眩い青空。

煌《きら》めく街並みと、どこまでも続く砂漠の世界。

白い波がしらを立てる青きアラビア海に浮かんだ島は、溢れんばかりの楽園の輝きを見せていた。

みなさま、こんにちは。初めましての方がいらっしゃいましたら、初めまして。

久しぶりの単行本になります。月日が経つのが早すぎます、砂原です。

かねてより、いろんなところでアラブなら王子受がいいと言っておりましたが、まさか本当に書いてしまう日が来ようとは！

さて、書き終えて実はいろいろとむずむずしています。不慣れなアラブでツッコミどころが満載過ぎ、トラックだったら過積載。捕まってしまうところです。少しばかりセルフツッコミも入れてみたいと思いますので、今回の後書きは完全ネタバレでまいります。

というわけで、ここから先はすでにお読みいただいた前提です。

え、それはちょっと……な方は、どうかいち早く本の頭にお戻りいただきますよう！

まず綾高ですが、三カ月もいたのにアラビア語を覚えなさすぎです。英語はペラペラなのに、どうしてこうなった！　きっとラクダの世話と、トカゲの世話と、リインの世話（夜のお務め）に忙しかったんですね……うん。あとは溶け込みたくなかったからだとしか。それにしたって、アレやソレくらいは普通嫌でも覚えてしまうと思います。

そしてせっかくのBLアラブ、砂漠と大富豪と媚薬エロの世界（？）だというのに、スケールの小さいこと小さいこと。それはひとえに書き手の問題で……今までアラブと接する機会がほぼなかったのを抜きにしても、書ける器ではないなとしみじみ。

一例をあげますと、ずっとずっと今の今まで迷っていた部分がありました。

リインが用意したパスポートは赤なのか青なのかどっちなんだ！ということです。

赤が十年、青が五年パスポートなわけですが、最初はもう綾高を来させないつもりなら青だろうと思ったんです。でも五年用なんて、『青色』なんて書いたら「リインせこい！　費用の五千円けちったのか、アラブなのに有り得ない！」とか思われるかもと不安になり、「ここは気前よく十年用じゃないのか？　いやいやでも心理的に考えてしかし」とかぐるぐるしてしまって、無駄に時間を費やしてしまいました。

長い長い迷いにやっとこさ決着がついたのはつい数日前。「そうだっ、作ったのはきっと命じられたサイードだ。だったら赤に決まってる」という結論です。

――赤かぁ、結論が間に合わなくて本文に載せてないけどパスポートは赤だよ！（そのくらい一瞬で考えろ！）

とまぁこんな感じに、始終しょうもないところを迷う私に、アラブの豪傑大富豪やら王族の話なんて書けるわけがありません。おそらく『いつもどおり』感満載かと思われますが……でも、とても楽しく書かせていただきました。久しぶりにツンを書いた気がいたします。綾高は年上攻だし、ヘタレではないと思うのですがどうでしょう？

そんなことをつらつら書きながら、不慣れなアラブもので名づけ一つとっても苦労したのを思い出しました。リインやほかのキャラだけで精根尽き果ててしまい、綾高はどうやってつけたかというと……階下の郵便を取りに行ったときに、ポストの上にペットボトルが放置されているのを見て……お、お茶の名前ですね、はい。わりと慎重にキャラ名は考えるほうですが、アイスだのお茶だのときどきありえないほど適当……ではなく、思い切りよく大胆になります。考えてますよ、ちゃんと！　日本人はやっぱり緑茶です！

なにぶん私の書くものなので、アラブだからといって過大な期待を抱く方はいらっしゃらなかったかと思いますが、いかがでしたでしょうか？　初めてのアラブでどきどき。ご感想などお聞かせいただけると嬉しいです。

イラストは小椋ムク先生に描いていただきました。ずっと以前、小椋先生のイラストで書いてほしいとサイト（ブログ）にリクエストをいただいたこともあったのですが、リクエストくださった方、読んでくださってるかな。楽しんでもらえてましたら幸いです。

そして小椋先生、魅力的な二人を本当にありがとうございました！

担当様、関わってくださった方々、ありがとうございます。

この本もまたたくさんの方のお世話になり、お手元に届けることができました。

コメディともシリアスともつかない話ではありますが、手にした皆様に少しでも楽しい気持ちになっていただけていたらと思います。ありがとうございました。

今度はもう少し近いうちにお会いできますように！

２０１１年１月

砂原糖子。

✦初出　職業、王子……………書き下ろし

砂原糖子先生、小椋ムク先生へのお便り、本作品に関するご意見、ご感想などは
〒151-0051　東京都渋谷区千駄ヶ谷4-9-7
幻冬舎コミックス　ルチル文庫「職業、王子」係まで。

幻冬舎ルチル文庫

職業、王子

2011年2月20日　第1刷発行
2011年3月20日　第2刷発行

✦著者　砂原糖子　すなはら とうこ

✦発行人　伊藤嘉彦

✦発行元　株式会社 幻冬舎コミックス
〒151-0051 東京都渋谷区千駄ヶ谷4-9-7
電話 03(5411)6432［編集］

✦発売元　株式会社 幻冬舎
〒151-0051 東京都渋谷区千駄ヶ谷4-9-7
電話 03(5411)6222［営業］
振替 00120-8-767643

✦印刷・製本所　中央精版印刷株式会社

✦検印廃止


ISBN978-4-344-82170-5　C0193　Printed in Japan